JN004327

もくじ

父の革命日誌

父が死んだ。電信柱に頭をぶつけて。生真面目に生きてきた父が電信柱に頭をぶつけ、真摯そのものだった人生に幕を下ろした。

エイプリルフールではない。仮にエイプリルフールだとしても、そんな戯言《たわごと》やユーモアが飛び交う家ではなかった。ユーモア？　ユーモアはわが家では一種のタブーだった。かといってユーモアがまったくなかったわけではない。誰の目にもユーモアとしか映らず、ユーモアであるべき瞬間もあった。そのときにも両親は革命を目前に控えた革命家のごとく真剣で、それがむしろ人々の笑いを誘った。つまり、わが家にユーモアがあったというよりは、革命を目前に控えたかのように真剣な彼らの行為や生き方がユーモアでしかなかったと言うべきだろう。原因はどうであれ、たしかに笑えた。例えばこんなふうに。

私が高校生だったある冬休みのことだ。前職パルチザンである私の父、コ・サンウク氏は、長い投獄生活を終えたのち、資本主義の中心地であるソウルには向かわず、バスも走っていない、それどころか電気すら通っていない故郷に腰を落ち着けていた。資本主義の敵である社会主義を信奉する人間なら、まずは敵の味見をするべきだと思うが、いきなり僻村を選ぶとは、これまたコメディだ。かといって独裁政権下において、社会主義者の行き場などあるはずもない。父は還暦を間近にしてゼロから農業を始めた。社会主義者の父は恰好よく見えるときもあったが、農夫としての父には目も当てられなかった。社会主義者よろしく、意識だけが先走る農夫だった。父は暇さえあれば『新農民』を耽読し、『新農民』の言うとおりに種を植え、草を刈り、肥やしを撒いた。母はそんな父を「文字農業者」だと言って一蹴した。

「新農民がいついつ草刈りをせよって言うまで、草は伸びたくても我慢して待ってくれるわけ？　新農民がなんと言おうが、草が伸びたらさっさと刈らなきゃ。だいたい農業が文字どおりにいくわけないでしょ」

　母がどれだけやかましく言っても、文字に対する父の絶対的な確信は揺らぐことがなかった。文字に対する確信が、父に『共産党宣伝』を読ませ、彼を社会主義者にさせたのだから。

「だてに専門家が書いているんじゃないぞ！」

母は舌打ちをすると、老眼鏡をかけて『新農民』や営農書籍を読み耽る父をよそに、手《て》鍬《すき》を持って畑に出かけた。

母の手が加わればまだマシだが、文字どおりに行う父の畑仕事はたびたび失敗し、その年の冬も、失敗した畑仕事の後遺症として残った虫食い栗を日がな一日剝《む》くことで、両親は長い長い冬を耐え忍んでいた。山影が黒い手を伸ばしちっぽけな村を占領しつつある傍らで、思想と関係のないことには忍耐力の「に」の字もない父は、栗を剝いているさなかにもじっとしていられなくなり外に飛び出していった。しばらくして、見知らぬ女の人を従えて帰ってきた。

行き交うものは風だけの、うら寂しい山奥の冬にうんざりしていた私は、ついに父が浮気をしたんだ、私に異母きょうだいができるかも、とドロドロの愛憎劇でも見物するような気持ちになったものだった。どうせなら全財産を快くなげうってくれる金持ちの女の人だったらいいな、などと期待しながら部屋の戸をそっと開けた。ありゃ。籠《かご》を背負ったその人は、顔もスタイルも恰好も、愛人のイメージとは程遠く、どう見ても母の相手にはならなかった。言ってみれば典型的な民衆だった。私は好みすらも救いようのない社会主義者である父にいささか失望し、冷たい風にぶるっと身を震わせると、さっさと戸を閉めた。

父は大胆にも母には聞かせたことのない優しい声で、その人を部屋に入れた。還暦を前にして父が生まれて初めて買った家には狭苦しい部屋が二つしかなかったので、両親の部屋で交わされる会話が、まるで耳元で囁かれているかのようにはっきり聞こえた。

「籠を売りにきたんだが、うっかり帰り損ねたそうだ。こんなに寒い日に寝るところもない。堂山（村の守護神を奉る山）の木の下でぼんやり座っているところを、うちに来て温まればいいと言ってお連れした。さあ、飯の支度をしてくれ」

「とんだご厄介をおかけすることになって。温まるなんてめっそうもない。廏《うまや》でもかまいませんから、一晩泊めてもらえますか」

小間物売りは器量はよくなかったが、声は炊き立てのもち米のように艶があった。社会主義者であれなんであれ、男は艶めかしい女を見ると骨抜きにされてしまうらしい。私は隣の部屋に耳をそばだてたまま、社会主義よりも強力なのは人間の本性ではないかと、いま考えても極めて現実的な結論を脳細胞に刻みつけた。要するに、豆を植えた場所に必ずしも豆が生えてくるわけではないということだ。骨の髄まで社会主義者である父の血を受け継ぎ、そんな父の教育を受けた私は、どうしようもない現実主義者だ。他人の目には動かしがたいパルチザンの娘だったとしても。

「廏？　とんでもない。部屋が二つもあるんだ。自分の家だと思ってくつろいでください。おい、なにやってる。早く飯の支度をしろ！」

　父の怒号は低いうなり声によって幕を下ろした。どうせまた母に太腿をつねられたのだろう。娘に食べさせたい一心で腰が痛いのも我慢し、糸に吊るさず盆にのせて一日に何十回も裏返しながら乾かした柿を、雨でも降りだした日には一滴の雨にも濡らすまいと畑仕事を放り出しても駆けつけ取り入れた干し柿を、人の気も知らない父が家にやってきた人に気前よく味見をさせるときも、母は決まって父の太腿をつねった。

「ちょっとこっちに来て」

　やがて二人は私の部屋に入ってきた。

「ご飯の支度はするけどね、うちで寝るのは無理よ。部屋もないのに。下のお義兄《にい》さんのお宅なら、空き部屋があるんじゃないの？」

　母は客に聞かれやしないかと、父の耳元で囁くように言った。神気さながらの鋭敏な感覚を持った父は、国防軍に包囲される寸前にアジトを抜け出し谷城《コクソン》郡党を救ったという伝説の革命家である。しかし、国防軍や警察に包囲されないかぎり慎重さなど爪の垢ほどもないので、母がなぜ耳元で囁いているのかも知らず、ぶるっと身を震わせ耳をほじくると、大声を上げた。

「部屋がないだと？　この子と寝たらいいじゃないか」

「またそんな大きな声出して。どこの誰だか知れない人をこの子と一緒に寝させるつもり？ノミでもうつされたらどうするの」

　週に一度は炊事場の天井の煤を匙でいちいちこそげ落とさないことには気がすまないきれい好きの母にとっては、見も知らぬ女の人のノミが心配だったのだ。父はそんな母を厳かに見下ろした。そしてこう言った。

「きみはなんのために智異山《チリサン》で命を懸けた？　民衆のためだろうが。あの人こそ、きみが命を懸けて守ろうとした民衆なんだぞ、民衆！」

　父の眼差しは、もし誰かがその刹那を写真でとらえていたら、処刑される直前の独立運動家か、もしくは虐殺された同志の死体を目撃した革命家を思わせるほど、真剣さを通り越して悲壮感すら漂わせていた。ところが、私がプッと吹きだしそうになった矢先、母はしっぽを巻いて部屋を出ていってしまったのだ。十六歳の私には、小間物売りを一晩泊めることに民衆を持ち出してくる父も、そう言われておとなしく白旗をあげる、それどころか罪の意識で顔を赤らめる母も、その頃読んでいたカミュの『異邦人』よりよっぽど不可解だった。
その日、ふだんなら腰痛のせいで味噌《テンジャン》チゲとキムチしか出さない母が、戸棚の奥深くにしまってあった食器まで総動員して、彼女としては最高の食事と寝屋で手厚くもてなした。その民衆を。

父の民衆がその晩、私に残していったものはノミだった。その代わり、軒の下に吊るしてあったニンニクが五十本消えた。私はひと月ほど体をポリポリかきながら、その民衆を罵ったり革命家を恨んだり、かと思うといきなりケラケラ笑ったりした。消えた五十本のニンニクは、両親の真摯さに対する痛烈な裏切りであるかのように思われた。ところが、裏切られた当事者たちは違った。よほど生活に窮していたのだろうと、返す返す気の毒がっているのだ。裏切られたと憤るどころか、だからこそいっそう、民衆がそれっぽっちのニンニクを盗まなくても腹を空かせることのない新しい世の中を夢見た。もしかしたらその小間物売りは、ニンニクと引き換えに得た白粉《おしろい》をそばかすだらけの顔に白く塗って、金持ちのじいさんをナンパしに行ったかもしれないではないか。だが私の両親は、そんなことは夢にも思わない純粋無垢な社会主義者だった。世間知らずの田舎者だった。

思い返すと、出所して現実に復帰した両親の生活は、一挙手一投足がそんな調子だった。

父は単に政治的な立ち位置が社会主義だったのではなく、いついかなるときも社会主義者だった。さっきも言ったとおり、畑仕事をするときの父は忍耐力の「に」の字もなかった。隙あらば家に帰ってコップ一杯の焼酎を一気飲みし、新聞を数行読み、それからまた畑に戻った。父は家に帰ってくるたびに、ありとあらゆる野生植物の種やら土埃やらを運んできた。母は父を見るなり飛び出していって、服の埃をはたけだの、靴下を脱げだの、手足を洗えだのと小言を並べた。社会主義者らしく大胆不敵な父はそんなことなどどこ吹く風で、ズボンをパンパンと数回はたくと、つかつか部屋の中に入っていった。

「これだけ言ったら、犬だって聞く耳を持つのにね。服をはたいて手を洗うのが、そんなに難しいこと？　もう堪忍袋の緒が切れる寸前よ」

　母は小走りで駆け寄り、父の服から落ちた種や土埃を一つ一つ手で掃き集めた。しれっとした顔でその様子を見ていた父は、母の小言が峠を越したと思しき頃、新聞をぱっと広げ一喝した。

「どうやらきみは社会主義者ではないな」

　服の埃をはたいて手を洗えと言っているだけなのに、社会主義者じゃない？　私はほとほと呆れて、読んでいたニーチェの本を伏せて父を注視した。

「社会主義の基本はなんだ」

無邪気なお母さん。そんなの知ってるわ、とばかりに即答した。

「そりゃ、唯物論でしょ」

「そうだ！　なら、せっかくついているその頭で考えてみろ！　人間ってのは神様に、人間たちはここにいろ、と言われて天から降ってきたんじゃない。元来は埃なんだ。つまり、いまきみが掃いて集めて悪態をついているものが、われわれ人間の始原というわけだ。社会主義者は、常日頃から唯物論者として生きなきゃならん」

　始原ですって？　小卒の父の口から方言のごとく飛び出した高尚な語彙に、私は失笑を禁じ得なかった。埃から唯物論への飛躍はちょっと行き過ぎだと思ったのか、今度は母もおとなしく引き下がらなかった。少なくともぐうの音は出した。まあよく弁の立つこと、そんなことを思いつく暇があったら埃の一つでもはたきなさいよ、と父の耳には聞こえないように愚痴をこぼすのだった。

　ズボンについた埃一つさえ人間の始原だからと粗末にしなかった社会主義者の父が、とうとうその始原に還ってしまった。電信柱に頭をぶつけて、実に父らしく。最後までユーモラスに。もちろん本人は、頭をぶつけた瞬間にも、電信柱が自分の行く手を遮っているとは夢にも思わなかっただろうけれど。民衆の一歩一歩の積み重ねが人類の歴史を変えるのだという真摯な思いで、父は真摯に一歩を踏み出したはずだ。ただそこに、電信柱が立っていただけだ。知らん顔で。よりによってそこに。くそったれ。

★

人夫たちが白い菊の装飾を弔問室に運んできた。母が選んだ二十万ウォン（約二万円）の装飾である。私が百万ウォン（約十万円）のにしたいと言うと、母はなおも涙をぽろぽろこぼしながら、

「死んだらどうせ体は腐るんだから、高価な花で飾り立てる必要がある？」

と社会主義者よろしく唯物論的な結論を下し、私を横目でギロッと睨みつけたかと思うと一番安いのを押し通した。行商人のようにあちこちの大学を渡り歩いている私だが、父の最後ぐらいは豪華にしたかったし、有り金をはたけばそれぐらいの余力がないわけでもなかったけれど、母の言うとおりにすることにした。そもそも主義とはそういうものなのか、あるいはうちの両親が特殊なのか、父も母も相当な頑固者だった。私には母の我をへし折る自信もなかったし、社会主義者同士なら通じ合うものがあるはずだから、父も納得してくれるだ

ろうという考えだった。

人夫たちの後ろで、ファン社長がひょいと顔をのぞかせた。

「おーい」

ファン社長とは、ほんの一時間前にあいさつを交わした、この葬儀場の共同社長三人のうちの一人だ。人口わずか二万七千人の小さな町だけあって、ファン社長は私の従兄の同級生であり、同時に父の葬儀をここでやろうと言い張った父の政治的同僚――つまり、百人にも満たないこの町の民主労働党員――であるパク・ドンシクさんと、血のつながりはないものの血を分けたも同然の親しい間柄だった。父の遺影を前もって用意してくれていた、先見の明もあるパク・ドンシクさんとは、昨日初めて会った。彼は、私の父は自分にとって実の叔父のような存在だから、自分のことも実の兄貴のように思ってくれと言い、長年の知り合いのように馴れ馴れしかった。母までそりゃそうだとばかりに大げさに頷いたものだから、私は父の臨終を目前にして思いも寄らぬ兄さんができた。さらに一時間前に初めて会ったファン社長も、パク・ドンシクさんとの関係を考えると私の兄貴分になる。肉親を一人見送って二人の兄を得たのだから、元を取ったとでもいうべきか。私は一時間前に兄さんになったファン社長をぼんやりと見つめた。

「お母さんにお会いしたいんだが」
やはりカジュアルな物言いだった。そもそも会うなりタメ口だったのが、一時間経《た》ったからといって敬語になるだろうか。ふだんの私なら、ちょっと馴れ馴れしくないですか、と冷たく突き放すのだが、ここは両親の故郷、しかもよりによって父が逝った日。自分勝手な真似はできない。私は兄に従順な妹を装って、慎ましやかに母を呼んだ。

頭を打って意識を失った父が順天市《スンチョン》の総合病院に運ばれたときも、また生死を分ける手術を決断するときも、母は一滴の涙もこぼさなかった。手術をすれば命は助かるだろうという医者の言葉を、母はその真意まで正確に、つまり、命は、の「は」という助詞の独特な使い方まで正しく理解した。しばらく沈黙が流れたのち、母は医者に尋ねた。

「先生だったら、もし先生のお父さんだったら、どうしますか」

医者もただ者ではなかった。聞き捨てならないはずの母の質問に、医者は顔色一つ変えずに受け答えた。

「だんなさんが植物人間になってもずっと一緒にいたいほど愛しているなら、手術をした方がいいですね」

手術が成功しても植物状態になるという意味だった。私は自分の言葉に責任すら持とうとしない、澄ましたソウル言葉で答える医者が気に食わなかったが、母はそんなことなど気にも留めていなかった。大事なのは核心だけの社会主義者らしく。些細な日常などかえりみない社会主義者らしく。

「意識がないのに人間といえますか。やめておきます」

クールな社会主義者のクールな返事に、クールなソウルの医者はクールに背を向けた。そして父は、脳圧の関係で脳幹が押さえつけられるので息が止まるまで一週間から十日はかかるだろうという医者の予言を裏切り、半日も経たないうちに息を引き取った。母はよく酒を飲みすぎる父に、娘に遺してやれるものもないのに病気の世話までさせる気？　と脅すように言ったものだった。すると父は声を荒らげた。

「そうなる前に、舌を噛みちぎって死んでやるさ！」

父は約束を遵守する人だ。死を目前にしてもそうだった。娘に病気の世話をさせる隙も与えず、逝ってしまった。長い入院に備えて、私が荷物を取りに帰っているほんのわずかのあいだに。

私たちよりも遅れて葬儀場に到着した父の遺体を見て、母はようやく死を実感したのか泣きじゃくった。

「お母さん、ここの社長さんがあいさつしたいって」

泣きすぎて抜け殻になった母は、私の言うことをとっさに理解できなかった。ファン社長はぺたっと膝をつき、面食らっている母の前で深々と頭を下げた。泣いていた母もあたふたと頭を下げた。顔を上げたファン社長の目は潤んでいた。

「コ先生のことはよく存じ上げています」

母の眼差しからようやく警戒心が消えた。社会主義者らしからぬ母は、見知らぬ人や見知らぬものに対して警戒心が強かった。母にとっては、よく知っているものや古いものがいいものだ。なかでも最もよく知っていていいものが、社会主義であり同志たちだった。母は、数時間前に世を去った父が北朝鮮を批判でもすると神経を尖らせる、傍《はた》から見ると根っからの社会主義者であった。ところが実際、母にとって社会主義とは、初恋のようなもの――もっと噛み砕いて言うと、女性も学問を身につけられる世の中、貧しい者も人間として扱ってもらえる世の中――でしかなかった。新自由主義の韓国だってそれくらいのことはしてくれるだろう。つまり母にとって社会主義とは、過ぎ去った初めての恋が、過ぎ去ったからこそ恋しい、しょせんそんなものかもしれない。悲しそうに泣いていた母が、目を潤ませたファン社長を、さらに濡れた目で見つめた。依然、いくらかの警戒心を抱いたまま。

「うちの人とはどういうお知り合いですか。うちの人の知り合いなら、わたしも知っているはずですが……」

「十年ほど前でしたか、一度訪ねていったんですよ。父の消息を訊きたくて」

母の目にぱっと生気がよみがえった。かの懐かしく切実な日々に戻るきっかけができたのだ。

「お父さんのお名前は？」

「ファン・ギルスです」

「ファン・ギルス……」

ぱさぱさに乾いた過去の歳月が埃となって舞っているかのように、母は視線を宙にさまよわせた。タイムマシンに乗って智異山《チリサン》に戻っていく、一種の合図だった。母の頭の中では、大勢の亡者たちが一人、また一人、生き生きとよみがえっているはずだった。

「聞いたことのない名前ですけど……。山では仮名を使う人が多かったから。どこの村の方？」

「艮田《カンジョン》のムスネ出身ですが、たぶんご存じないでしょう。コ先生の話だと、麗水《ヨス》・順天《スンチョン》事件（一九四八年十月十九日、全羅南道麗水に駐屯していた朝鮮国防警備隊の軍人二千人余りが反乱を起こし、鎮圧の過程で多くの民間人が殺害された事件）の直後に銃で撃たれて亡くなったそうです。ピア谷に移動しようと蟾津江《ソムジンガン》を渡っているときに撃たれたとか」

小間物売りを一晩泊めるのも嫌がった母が、見知らぬ男の手をがしっと握り、このうえなく優しくねぎらった。まだ幼かった頃、いまもそうだが、私は母のこのような豹変が不思議でならなかった。思想というものには、いきなり他人を包み込む力があるのだろうか。私の両親にとってはそうかもしれない。ただ、このような突然の親密さや包容力は、私の目にはファーストクラスに乗った金持ち同士の連帯感とさほど変わらなかった。

「さぞかし苦労が多かったでしょうねえ……お父さんもいなくて」

「そりゃもう筆舌に尽くしがたい日々でした。あちこちの家をたらいまわしにされて……」

母に手を握られたまま、ファン社長の肩が震えた。他人の葬儀で、むしろ深い傷を負った自分の人生を慰めてもらっていた。

「そうでしょう、そうでしょうねえ。言わなくてもわかりますよ。わたしたちはみんなそんな時代を生きたから。お父さんをさぞかし恨んだでしょうね」

「頑是ない子どもの頃はそうでした。この血をごっそり入れ替えてしまいたいと思ったり。しかし、私も歳を取ったんですかね。父親のことが知りたくなって。それでコ先生を訪ねていったんです」

母とファン社長は初対面なのに、ファン社長の父親が社会主義者だったというだけで、すべての壁を乗り越えて絆を深めていた。蛇口をひねったようにあふれている涙がどうも胡散くさかったが、私はふたたび傍観者に戻ることにした。ともあれファン社長のおかげで母が束の間でも父の死から離れられたし、もしかしたら実際に慰められているのはファン社長ではなく母の方かもしれないと思ったからだ。それから母は、いまはなにをしているのか、結婚はしたのか、子どもは何人いるのか、などと根掘り葉掘り尋ね、そのあいだに父の遺影は白い菊の装飾に包まれた。父は生きているあいだ、花など見向きもしなかったのに。

いや、いま思うと、秋には父の背負子《しょいこ》に猿梨《さるなし》やあけびの他にも、実が真っ赤に熟れた山帰《さんき》来《らい》がいくつか刺さっていた。薄い赤紫色の野菊が数本、父の脇の辺りで恥ずかしそうに頷いているときもあった。父は食べられもしない山帰来や野菊を手折りながら、なにを思ったのだろう。骨の髄まで社会主義者であった父も、それらを見ているうちに、岩のごとく堅固だった胸の内が溶けそうになって、古《いにしえ》の儚い恋の想《おも》いで満ちあふれたのではないかと思い至ったとき、私は父が息を引き取ったあと初めて目頭が熱くなった。社会主義者ではない父を私は知らない。要するに、私は父を知っているとは言えないのだ。出かかった涙がさっと引っ込んだ。

★

遺影の中の父を見た。遺影の中という言葉が、もう二度と生きた父には会えないのだという実感を呼び起こし、私はしばらく感傷に浸った。だが遺影の中の父はいつものように、個人的な感傷など恥じ入らせるような断固とした眼差しで、じっと宙を見つめていた。父を前にすると、いつもこんな気分にさせられた。いい服、きれいなスカート、化粧品、ヘアスタイルなど、同じ年頃の女子たちのたわいもない話題を口にするのが、そんなものに幸せを感じるのが、情けなく恥ずかしく思われた。統一と革命、人類の進歩、以外のことを父の前では口にしてはいけないような時代がずいぶん長く続いた。私はなんだか悔しくなって、遺影の中の父を睨みつけた。そりゃおまえの事情だろ、俺の知ったことか、と父はそらとぼけているようだった。遺影の中の父の左目は正面を、右目は四十五度右を見ていた。

父は斜視だった。だから父がなにを見ているのかわかりかねた。なにも見ていないようでもあったし、心の裏まで見透かされているようでもあった。たいていの人は私のように、斜視の父にじっと見つめられるのを嫌がった。斜視になったのはもちろん父のせいではなかった。

　父は一九四八年の初め、南朝鮮だけの単独政府樹立に反対するビラを散布しているときに警察に捕まった。警察は父の性器に電線をさし込んで電気拷問をしたという。電気拷問は、斜視の他にも後遺症を残した。父は子どもを持てない体になったのだ。なのに父はこう言った。

「拷問の中でも一番楽なのは電気拷問だ。すぐに気絶するからな」

　高校生だった私が尋ねた。

「どんな拷問が一番つらいの？」

「水に濡れた毛布をかぶせられて、気絶しない程度に棍棒《こんぼう》で叩かれたら、そりゃ死ぬかと思うね。そうやって殴るとあざもできないんだ」

　父は正面を見ているのか、四十五度右を見ているのかわからない視線で答えた。そんな話をするときの父はいつも無表情だったが、どこか浮かれているようにも見えた。つらい記憶も浮かれたように話せるということを、私は四十を過ぎてようやく理解した。苦しみや悲しみは過ぎ去ってしまったもの。二度と戻ってこないもの。電気拷問の苦しみに耐えたその日は、父の記憶の中で輝かしい若さの瞬間だったのだ。

電気拷問により父の精子は活動をやめ、病院側は不妊判定を下した。ある日、父は市場の飲み屋で智異山《チリサン》で死んだ同志の兄に出くわした。その人は漢方医だった。あれこれ近況を尋ねながら子どもが持てない体になったと打ち明けたところ、薬を半月分ほど処方してくれた。嘘か本当かはともかく、その薬を飲んで私が生まれた。その日からチェという姓のその漢方医は、わが家では名医の座についた。ひょっとしたら本当に名医だったのかもしれない。三年余り私を苦しめ続けた生理痛を、半月分の漢方薬で治したのも彼だった。

　高校一年生のとき、父から私の誕生秘話を聞いた。それだけおまえは貴重な娘なんだとか言われながら。勉強もしないで横道にそれていく私を励ましたかったのだろう。しかし私には、自分がこの世に生まれてきてはいけない存在のように思われた。蛇にそそのかされたイブが善悪を知る木の実を食べたことによって人類の苦しみが始まったように、父がチェにそそのかされて漢方薬を飲んだばかりに私の苦しみが始まった、と当時の私は思った。その頃、町の五差路でチェを見かけたことがある。還暦も過ぎて目も悪くなっているはずなのに、自ら煎じた薬を飲んで開眼したのか、私よりも視力がよかった。ずっと向こうの方で私を見つけるなり、満面に笑みを浮かべて足を早めた。私は自分をこの世に呼び寄せた元凶の顔など見たくもなかったので、すばやく路地に逃げ込んだ。

後日、知った。チェには弟が一人いたことを。母親を早くに亡くしたために彼が代わりに面倒を見た、息子のような弟だったことを。その弟が私の父のすぐそばで銃に撃たれて死んだことを。自分の分まで生きてほしいという弟の遺言を彼に伝えたのが父だったことを。その日から父は、彼にとって弟代わりだった。もしその弟が生きていたら、私にお小遣いをくれたり、姪のように可愛がってくれたかもしれない。彼の気持ちを無下にしたことが、歳を取ってから悔やまれた。だがそう思ったときは、すでに彼はこの世の人ではなかった。自分でも知らぬ間に取り返しのつかない傷を心に負わせてしまったのは、彼だけではないだろう。人間はなんて愚かなのか。父もそうだった。

一九八二年五月十五日、私は他の町の学校に通っていたのだが、週末なので家にいた。夕飯の頃、ちょうどミスコリア選抜大会が放映されていた。父と私はさっさと食べ終え、胃腸の弱い母は口に入れたご飯を百回数えながら嚙んでいるところだった。父はモノクロ映像の中の若くて麗しい女たちには興味も示さず、うす暗い蛍光灯の下で新聞を読むのに余念がなかった。ご飯をもぐもぐ嚙んでいた母がふと、ブラウン管の中の女たちを羨むように言った。

「うちのアリも出られないかしらね」

アリというのは、犬みたいだけれど私の名前だ。父が活動していた白鵝《ペクア》山《サン》の「ア」、母が活動していた智異山《チリサン》の「リ」から取ってつけたこの名前のおかげで、私は幼い頃から散々な目に遭った（実際、父が主に活動したのは、白鵝山《ペクアサン》よりも白雲山《ペクウンサン》の方だった。なのに白鵝山《ペクアサン》の「ア」を取ったのは、白雲山《ペクウンサン》の「ペク」や「ウン」は女の子の名前にふさわしくないと思ったからだ。つまり、男女平等を主張してきた彼らもしょせんは半封建時代に生まれ、家父長制の影から抜け出せなかったという、半封建的な思考の表れだったのである）。学校や役所で私がコ・アリですと名乗ると、相手は、まあきれいな名前ね、だから顔も……と言いながら私の顔を見、そのまま言葉を濁した。私はアリという名前からはとうてい想像できない広い肩幅に、牛でもやっつけそうなたくましい体を、言ってみれば、革命戦士の娘にぴったりの体つきをしていたからだった。キョンスクとかヘスクみたいな平凡な名前だったら、当惑されたり蔑まれたりせずにすんだだろうに、私は自分たちの青春を記念しようとした両親のおかげで、否応なくそれらを背負って生きてきたし、生きているところだった。

　まあ、それはともかく。私はミスコリアに出られたらいいのにという母の言葉を聞き流した。いくら子どもでも、そんな勘違いをするほど馬鹿ではなかった。ところが新聞を見ていた父が舌打ちし、大声で言った。

「チッ！　きみは自分の娘を欺く気か！」

その言葉に好奇心を刺激された。私はかなり冷静な方だったし、自分が美人ではないことぐらい知っていた。私は幼い頃から両親にきれいな色の服一つ買ってもらったことがなかったし、彼らもまた着替えが一枚あれば十分だと思っていた。父は出所後、ソウルにいる親戚が着古したものばかりもらって着た。だから畑仕事をするときも、ワイシャツにズボンといういでたちだった。あちこちがシミになった白いワイシャツを着て栗を拾っていた父の姿が、いまでもありありと目に浮かぶ。

両親の真似をしたわけではないが、それを見て育った私もさほど変わらなかった。容姿に一切興味がなかったという意味だ。しかし父の話を聞くと、ふと自分の容姿がどのレベルなのか気になった。だから訊いてみた。

「私の容姿はどのレベル？」

父はテレビの中の審査員のごとく、例のどこを見ているのかわからない、だからこそいっそう冷静な目つきで、私を上から下までゆっくりと、私がまるで本当にミスコリアに出場したかのように緊張してしまうほど、ゆっくりと見まわした。やがて舌打ちをしたかと思うと、新聞に視線を戻した。

「ま、下《げ》の上《じょう》だな」

下の上。上中下に分けた中で、下の上。早い話が、九つの等級のうち七番目に当たるということだ。父にそっくりの私は考えた。父がいくら冷静に判断したとしても、自分の娘だから一つぐらいはランクアップしたはずだ。ということは、私の容姿は客観的に見て八等級なのか。

父はそう答えるべきではなかった。言葉は使い方しだいなのだから。たとえば、人はなぜ化粧をすると思うか、なぜ着映えなんて言葉があると思うか、などなど……父にも言い様はいくらでもあった。娘の心に深い傷を負わせるような言葉以外に。

父から冷酷な評価を受けたのち、容姿への関心が、そうでなくてもなかった関心が、完全に消え失せた。三十二歳になるまでメイクはおろか、スキンケアすらしたことがなかった。金がなかったからというよりは、父の言ったことを頑なに信じていたからだ。下の上が化粧をしたところでたかが知れている、ぶさいくが美人になるわけでもないし、化粧品を買う金があったら酒でも飲もう、ま、そんな気持ちだった。

正直な話、下の上という父の評価に傷ついたわけではない。ああそうなのかと思っただけだ。なのに、父の言ったことがずっと頭の中から離れなかった。その日、父と私はなにかを、人が生きていくうえで大切なものを手放してしまったという、漠然とした思いがあったからだ。それがなんなのか、いまでもよくわからない。遺影の中の父は依然、そりゃおまえの事情だろ、俺の知ったことか、と涼しい顔でとぼけていた。

★

人にはそれぞれ事情がある。父には父の事情が、私には私の事情が、叔父《チヤグンアボジ》には叔父の事情が。ある事情は自分にしかわからず、またある事情は自分でもわからない。そんなことを考えながら、私は携帯電話を探した。コンセントに挿しこんで充電しておいたはずなのに、どこにも見当たらない。固定電話で私の携帯電話の番号を押した。しばらく経って、若い男性が電話に出た。どのコンセントに挿したのかもはっきり覚えているのに、おかしなこともあるものだ。

「その携帯電話の持ち主ですけど、どこで拾ったんでしょうか」

「あ、拾ったんじゃなくて、父に渡されたんですけど」

「お父さんのお名前は……」

言いかけて気づいた。民主労働党のパク・ドンシクさん。病院から葬儀場まで一緒にいたのは彼だけだ。私の携帯電話を自分のものだと勘違いして持っていったのだろう。訃報を知らせなければならないときに困ったことになった。

「お父さんに代わっていただけますか？」

「いま寝てますけど」

昨日の午後から明け方まで、病院の手続きやら葬儀の処理やらで一睡もしていないのだから、さぞかし疲れていることだろう。束の間でも休んでもらった方がよさそうだった。私はあとで葬儀場の方に携帯電話を持ってきてほしいとお願いして、電話を切った。

覚えている電話番号はほとんどなかった。幸いにも二十年余り変わっていない叔父の家の電話番号は、久しく電話をかけたこともないのに正確に記憶していた。以前のわが家の電話番号と最後の一桁しか違わなかったからだ。六時半。叔母は畑仕事に出かけているだろうが、叔父はまだ起きていない確率が高かった。人生の一日、生き残っていた最後の兄弟が逝った日、朝早く起こしたからといって怒ったりはしないだろう。思いもよらぬベルが鳴るなり、叔父は寝ぼけてもいなければ酔っ払ってもいない声で電話に出た。

「アリです。父が今日、午前一時に亡くなりました」

静寂が流れた。父は認知症を患っていたけれど、よくよく観察しないかぎり誰も気づかない程度だったので、突然の死だ。叔父はなにも訊き返さなければ、なぜ死んだのか理由も訊かなかった。

「山林組合の葬儀場にいます」

私がそう言うなり電話はぷつりと切れた。生涯の仇敵だった人が死んだという知らせを聞いたときの気分はどうだろう。この世のすべてが私を敵にまわしていると思ったこともあったし、イデオロギーが私の敵だと思ったこともあったけれど、具体的にある人間を仇敵だと思ったことのない私としては、その胸中を察するのは難しかった。

父は叔父の仇《かたき》だった。叔父は父のせいで小学校も出られなかった。厳密に言うと、父のせいではない。麗水《ヨス》・順天《スンチヨン》事件が勃発し十四連隊が智異山《チリサン》にこもると、パルチザンに食べ物を与えたり助けたりできないように、山あいの村はどこも疎開を強いられた。パルチザンだった父の家だけが疎開したわけではない。だから当時、小学生だった叔父が学校にも通えず、親戚の家をたらいまわしにされたのは、時代のせいであって父のせいではなかった。ところが叔父は、家が滅びたのも自分が学校に行けなかったのも、祖父が軍人の手に殺されたのも、すべて父のせいにした。

出所した父が故郷のパンネ谷に帰ってきたとき、叔父はそっぽを向いたまま口も利かなかった。また、さつまいもや黍《きび》など、わが家に植えていない作物を祖母が持っていったことを知ると、一升瓶の焼酎をあおって酔いつぶれた。末息子の機嫌を損ねたくはないが、郡党委員長まで務めた一家の誉れでありながら、時代に恵まれず長きにわたって投獄生活を強いられた不憫な次男に、なにか持っていってやりたい一心で、祖母は叔父が酔いつぶれているか、あるいは市場に行っている隙を狙って、ネズミのようにこそこそとわが家に忍び込んだ。私の記憶の中で、祖母は初めから腰が九十度に曲がっていた。重いものは持てないので浅知恵を働かせ、背負い籠に縄をつなげてそれを腰に結び、ずるずる引きずってわが家にやってきた。祖母は縄を解くよりも先に縁側にどすんと腰を下ろすと、私の頭を撫でながら歯のない口をもぐもぐさせて笑った。祖母の背負い籠には、黍や粟が、とうもろこしやじゃがいもが、ときにはカワニナや早稲米《わさごめ》が入っていた。祖母がもぐもぐ笑うと、父は激怒した。

「サンホに知れたらどうするんだ！　頼むからもう持ってこないでくれ。何度も言ってるじゃないか！」

「うちの可愛い孫娘に食べさせたいんだよ」

　父がなにを言っても、祖母はもぐもぐ笑いながら私の頭を撫でた。私の記憶の中で祖母はいつも笑っており、叔父はいつも怒っていた。叔父がわが家にまで来て激怒したことも何度かあった。

一九七三年の夏、私が八歳のときだった。たしか夏休みだった。母がうちわで扇いでくれても汗が引かない、そんな暑い日だった。どうにも我慢できなくなった私たち家族は、蒸したじゃがいもをいくつか籠に入れて、橋の下に向かった。川辺はぐっと涼しいので、橋の陰にいればどんな暑さにも耐えられそうだった。すでに橋の下は村の人たちでいっぱいだった。先に来ていた祖母が母と私を引っ張ってくれたおかげで、私たちは陽射しの当たらない七時の方向に座ることができた。その時代は男たちの権威が天を衝く勢いだったが、それでも陰は女と子どもたちが占めていた。体をどうにか陰に潜め、足に強い陽射しを浴びていたハンおじさんが、うちわでぱたぱた扇ぎながら言った。

「アメリカも相当暑いらしいな」

水に飛び込もうと服を脱ぎ捨てていた父は、なんのことだと振り返った。

「知らないのか？　パー・バックだかなんだか、有名な女流作家がカメラの前で、自分の頭を拳銃で撃って死んだんだってよ。こんなに暑いと、頭がおかしくなっちまうんだろ」

聞き流せばよいものを、間違ったことに黙っていられない父は、パー・バックが誰なのか即座に言い当てた。

「なんだって？　パール・バックは去年、歳とって死んだだろ」

「パール・バックだか知らんが、サンホが言ってたぞ」

いま思うと、その時代にはロマンがあった。無骨な田舎者の口からパール・バックの死が語られるとは。ともかく、祖母の傍らで蒸したじゃがいもを食べていた叔父が、さっと顔を上げた。日陰にいる叔父の顔が、農薬をかけたばかりの唐辛子の葉のようにきらりと光った。

「今日の朝鮮日報で見たんだ」

その時分、郵便配達員が自転車に乗って新聞を配達していたパンネ谷で、今日の新聞というのは前日の新聞だった。父は水の中をざぶざぶと歩き、しれっと一言、叔父の胸に突き刺した。

「見間違えたんだろ」

魚を捕まえるのは六歳の甥よりも下手なくせに、父はなまじっかに網を投げてから水遊びに心酔した。私は叔父が唇を噛みしめているのをひやひやしながら見守った。叔父は握っていたじゃがいもを投げつけたかと思うと、そのまま家に向かって走りだした。そして二度と戻ってこなかった。叔父さんが間違ったんだ。幼い私もそう思った。

翌日の明け方、大声に目を覚まして戸を開けると、縁側に岩のように座っている父に、酔っ払って足元もおぼつかない叔父が、喧嘩をふっかけていた。

「おい、おまえは自分を何様だと思ってやがる。一家を滅ぼして、おまけに他人の人生までぶっ壊した分際で、偉そうに人を馬鹿にしやがって！　ちっとはおとなしくしてたらどうだ。弟に恥をかかせて、よくもまあ眠れるもんだ」

　叔父は焼酎瓶を手に提げており、手を振り上げるたびに澄んだ酒が大きく揺れながらこぼれた。ある瞬間、わが家の小さな庭に朝一番の陽射しが降り注いだ。庭にどぼどぼこぼれる焼酎にも陽射しはたがわず突き刺さった。焼酎瓶が弾《はじ》く燦爛《さんらん》とした光が、酒浸りの叔父の体を包み込んだ。その光に刺されたかのように、叔父はあっという間に大の字に倒れた。

　その日、私は里《イ》（面の下に置かれる行政単位）長の家に行って、朝鮮日報を隅から隅まで調べた。そして小さな記事を一つ見つけた。

「去る七月十五日、アメリカの著名なアナウンサーであるクリスティーン・チュバックが、生放送の最中に拳銃を取り出し、自分の頭を撃って自殺した」

　チュバックがパー・バックになり、パー・バックはパール・バックになった。叔父がチュバックと言ったのかパー・バックと言ったのか、それともパール・バックと言ったのかは知るよしもない。有名な作家だとつけ加えたのは確かだ。文字の読めないハンおじさんが、パール・バックが有名な作家であることを知っているはずがないのだから。なら、弟が兄に向かって喧嘩をふっかけたこの事件は誰の過ちなのか。八歳の私は眉間にしわを寄せて、新聞を睨みつけながら思い悩んだ。そんなことがあった。

　叔父はいつもそうだった。新聞は熱心に読むが、なにかを読み間違えたり、自分勝手に解釈をしたりして思わぬ恥をかいた。そしてそれをみんな父のせいにした。人のせいにする人生は負け犬だと、父に似て冷静な高校生だった私は判断し、その後は叔父を見ても知らんぷりした。血のつながった間柄だが、私にとってはただの、ことあるごとに他人のせいにする負け犬、他人よりも劣る負け犬に過ぎなかった。しかも、叔父は日がな一日酒に酔っていた。

　叔父は農夫のくせに、お天道様が高く昇った頃にようやく二日酔いの重い体を起こす。そして叔母が用意したご飯を食べると、食肉処理場に引っ張られていく老いた牛よりものろのろと仕事に出かける支度をする。彼が最初に手に取るのは、鎌でもなければシャベルでもなかった。庭の片隅に積んである箱の中から、焼酎を五本取り出して背負子に入れる。それが彼の日々の糧だ。畑に着くと、まずはその日にやるべき仕事を目積もり、仕事量によって一畝、あるいは二畝ごとに焼酎の瓶を一本ずつ丁寧に置く。ちなみにその頃、叔母は本来なら男がすべき田んぼの仕事を汗水流しながらやっている。叔父はただ酒を飲むために、唐辛子やエゴマを摘み取る。五本の焼酎を飲み終えると、何時であろうとその日の仕事は終わりだ。本当の意味で叔父の一日が始まるのは、家に帰ってきてからである。酒が叔父を酔いつぶすまで、飲んで飲んで飲みまくる。不思議なことに、酒に酔いつぶれるとおとなしく寝る。時折、父に絡むことはあるけれど。叔父が絡むのは父だけだ。酔っ払っていようがいまいが。

　父に因縁をつける内容は先の事件と大して変わらない。父の言うとおりにさつまいもを植えたら失敗したとか。もちろん、叔父は父と口を利かないのだから、父から直接聞いて植えたわけではない。父が村の人々を説得し、叔父は周りの真似をして植えただけだ。いずれにせよ、うまくいったら自分の手柄、失敗したら父のせいだった。叔父はずっとそうやって生きてきたのだ。そのことに気づいたとたん、私は受話器の向こうに流れる静寂が理解できたような気がした。叔父は終生、兄という手綱に繋がれた牛だった。その手綱が放たれた。この先どうやって生きていくのだろう。叔父は今頃、空きっ腹に焼酎を注いでいるはずだ。七十近くになって初めて遭遇した兄のいない世の中が、責任をなすりつける相手がいない世の中が恐ろしくて。その恐ろしさに打ち克って、叔父は父の葬儀に来てくれるだろうか。たとえ来なくても、縁側に岩のように座って弟が罵るのを黙って聞いていた父は、今度も苛立たしい気持ちを焼酎で紛らせながら、私の知らない苦々しい人生のなにかを振り返っているのではないか、そんなことを思いながら遺影を見やったのだが、父は案の定、そりゃおまえの事情だろ、俺の知ったことか、とあらぬ方を澄ました顔で見つめていた。たしかに。父には父の事情があり、叔父には叔父の事情がある。だが人間は誰しも、他人の秘めた事情を知りたがるものではないのか。だったら、父はなに食わぬ顔であらぬ方を見ている場合ではない。とまあ、そんなことを思うのだった。そのくせ私は、叔父が今日、アメリカの有名なアナウンサー、チュバックが死んだあの日のように酔っ払って、いっそのこと大の字に倒れてしまえばいいのに、それでここに来られなければいいのに、と願う気持ちでもあった。

★

智異山《チリサン》は深い雲霧の中に沈んでいた。太陽が高く昇ると、雲霧の中にそびえ立つ老姑壇《ノゴダン》が姿を現わす。父はいつも午前四時前に目を覚ました。夜が明ける直前、闇が最も深い時刻、父はベランダに出てタバコを吸った。明るい昼なら智異山の稜線と老姑壇がひと目で見渡せるのだが、父の前に広がっているのは深い闇のみ。灯《あか》りもつけていないベランダで、白いタバコの煙を闇にくゆらせていた父のやつれた背中が、ふいに思い出された。私の記憶には父の人生を思わせる悲壮な光景として刻み込まれているが、父はいつも淡々とした表情だったのではないかと思う。

私が覚えている父は常にそうだった。柳寛順《ユグアンスン》（一九〇二〜一九二〇。一九一九年の三・一独立運動に参加後、拷問により獄死した女性）より二年早く生まれた祖母が、一九九一年にこの世を去ったときもそうだった。棺の輿《こし》のあとについて埋葬地に向かったときも、遺品を整理したときも、遺品の中に色褪せないようにと布で包んで縫いつけられた自分の小学校の卒業写真を見つけたときも、父は目と鼻の先に住んでいた祖母とすれ違うときのように淡々としていた。父は若い頃、無数の死を目撃した。補給闘争を終えてアジトに戻ってきてみたら、首をはねられた同志たちの死体がそこらじゅうに転がっていたと、父は例のどこを見ているのかわからない視線で語ったものだ。ミラン・クンデラは不滅を夢見ることが芸術の宿命だと言ったが、父にとっては、消滅を淡々と肯定することが人間の宿命であり、個人の不滅ではなく歴史の進歩こそが、消滅に立ち向かうことのできる人間の持つ唯一の武器だった。

それらを見つめ続け、その中で青春を送った男が逝ってしまったメーデーの朝、夜明け前の智異山はいつもと変わらず静かで厳かだった。七時。今頃、故郷のパンネ谷に暮らす親戚たちはみんなとっくに起きて、畑仕事に出かけているだろう。電話をしても失礼にならない時間はいつなのか、見当がつかなかった。朝っぱらから訃報を伝えるのは、なんだか失礼のような気がした。

西施《ソシ》川のほとりの、霧が晴れつつある二車線の舗装道路に、ぼんやりと人の姿が現れた。父と同年代の老人だった。まだ誰にも父の死を知らせていないのに、その人はしだいにこっちに近づいてきた。ここは求礼《クレ》。ときには電話より人の口の方が早いことがある。朝早々から黒い背広に身を包んだその人は葬儀場に入ってきた。脊柱管狭窄症のせいで動きが鈍い母が、弔慰金箱を押さえてようやく体を起こした。

「こんな朝早く。まだ誰にも知らせていないはずですが」

「ゆうべ、サンウクが救急車で運ばれていくのを見ましてね」

突然幼なじみが逝ったというのに、その人の表情もまた、いつもの父のように淡々としていた。彼は親友の遺影の前で、さも慣れた様子で二回跪《ひざまず》いて深々と頭を下げた。生まれて初めて喪主になった私も、彼と同じように頭を下げた。

私は彼が誰なのかすぐにわかった。パク・ハヌ先生。彼は中央《チュンアン》小学校の第三十五期の卒業生で、父の同級生だ。第三十五期の卒業生たちは深い友情で結ばれていた。〝三五《サモ》時計屋〟という時計屋を営む卒業生もいた。そこは三十五期の同窓会の事務所でもあり、父は暇さえあれば顔を出した。誰とも親しくしていたが、中でもパク先生と一番仲が良かった。

父は午前四時に起きてうまそうにタバコを吸ったあと、雨が降ろうが槍が降ろうが自転車に乗って出かけた。父が向かったのは新聞販売店だ。そこはハンギョレ新聞も朝鮮日報も扱っていた。父はまるで自分の家のように販売店に入り、配達員とともに各種チラシを新聞に折り込む。その作業が終わる頃に、決まってパク先生がやってきた。

「さっさと来て手伝ったらどうだ。終わった頃に来やがるな」

「おまえと一緒にしないでくれるか？　俺はこう見えて定期購読者だぞ！　金を払って読んでるんだ」

父は作業を手伝う代わりに、その日の新聞をタダでもらった。パク先生もそのことを知っていた。

「だったら暖かい家でおとなしくしてろ。クソじじいめ、こんな朝っぱらからふらふら出歩いていると、中風にかかるぞ」

パク先生も父と同じように早起きだった。長い朝を持て余していた彼は、新聞を直接受け取るついでに、気の置けない友人に会いたくて販売店に行った。父はパク先生が購読している朝鮮日報を奪い取り、一瞥をくれた。そしてぽいと放り投げた。

「こんな保守新聞、金を払って読むやつの気が知れん！　ハンギョレに変えろ、これを機に。生涯、教練の教師なんぞやって、民族統一を邪魔してきたくせに。そろそろ心を改めたらどうだ！」

「おまえこそ変えろ。アカがアカの新聞を読んでいると噂にでもなったら、ろくなことないぞ」

　二人の老人は毎朝なんだかんだと言い合いながら、老いをともに生きた。父は新聞をもらって家に帰ってくるといつも、教練をやっていたあいつは朝鮮日報しか読まないと、パク先生を誹《そし》った。その話を耳にたこができるほど聞かされた私は、ある日、うんざりして父に尋ねた。

「だったら会わなきゃいいじゃない。子どもでもあるまいし。会ったら喧嘩ばかり」

　父はいつものように温かい床に座ったまま、新聞をぱっと広げて言った。

「まあ、人間性はいいんだよ」

　父にとって、思想と人間はどうやら別物らしかった。以前にもこんな話をしたことがある。光州《クアンジュ》刑務所でともに服役した同志の中に、名の知れた大地主の息子がいた。その人にはいつもたっぷりと差し入れがあった。やつはそれらを便所に隠して豚みたいに一人でがぶがぶ食いやがった、革命家の風上にも置けない男だ、と父は後々まで腐した。

「それに引きかえ、エホバの証人はたいしたもんだ。一人で食わずに、差し入れのない貧しい者たちに分け与えたよ。一人とて例外はなかった。宗教は思想より一段上なんだろうな」

思想は違っていても気が合い、長年連れ添った夫婦のように労わり合いながら、父の晩年を豊かにしてくれたパク先生が弔問を終えてテーブルについた。電話で何度か話したことはあったが、実際に会うのは初めてだった。私は、パク先生が父に劣らぬほど艱難辛苦《かんなんしんく》の人生を歩んできたことを、おそらく彼の息子や娘よりもよく知っていた。

パク先生の兄は父のパルチザンの同僚で、智異山《チリサン》で死んだ。姉二人も智異山で死に、遺体すらも見つからなかった。ソウルの高校に通っているときに学徒兵として動員されたパク先生は、その後一九五一年の冬、よりによって首都師団の所属として智異山に派遣された。運命の悪戯《いたずら》とでも言おうか、父は全南道《チョンナムド》党から南部軍の所属になった。

冬のあいだ熾烈だった首都師団の大攻勢で生き残った父は、その年の春、碧宵嶺《ピョクソリヨン》近くの笹林の麓で、アメリカ軍のCレーション（戦闘糧食）の箱をいくつか手に入れた。父が見つけたのではない。部隊員の一人が見つけ、喜び勇んで持ってきた箱の中には、ビニールで何重にも包んだパク先生の手紙が入っていた。

「シヌ兄さん、ボンネ姉さん、ボッキ姉さん、サンウク。引き金を引くたびに、手が震える。銃口を空に向けて撃っても、運が悪ければ、その銃弾に当たって誰かが死ぬかもしれない。そんなことが絶対にないように毎日祈っている。どうか生きて帰ってきてくれ。必ず生きて、生きてまた会おう」

不幸にも父だけが生き残り、パク先生と再会した。兄と姉、友人たちは自分の撃った銃に当たって死んだかもしれないという自責の念を抱いたまま、パク先生はその後も軍に残った。軍人としてパルチザンだったきょうだいと対峙した人間が、軍人として生きることにしたその心情を、父は理解できなかった。パク先生は現役から予備役に編入されたのち、しがない教練教師として日々を送った。

「軍事独裁政権下で教練教師だと？　死んだ兄さんが墓の中でさぞかし驚いているだろ」

思っていることを吐き出さずにはいられない父が、会うたびにそう言うので、ある日、パク先生が涙を流しながら言った。

「サンウク、耐え忍ぶという言葉の意味がわかるか？」

父は言葉につまり、パク先生はとめどなく涙を流した。飲んだ焼酎が涙となってあふれているのかと思ったと、生まれて初めて酔っ払った父が千鳥足で、私にもたれて歩きながらそう言った。高二の冬だった。自分の手で家族を殺したかもしれないという自責の念に駆られながら生きている人にとって、耐え忍ぶというのはどういう意味なのか。十六歳のしなやかな感受性に刻まれた模様は歳月とともにいっそう鮮やかになり、私はいまでも時折、耐え忍ぶという言葉を思い出す。パク先生がそのときなぜそう言ったのかは、依然としてわからない。ただ、残りの人生を耐え忍んでいるであろう、会ったこともない父の友人の人生が、ふいに私の生活に静かな波紋を投じることがあった。

パク先生の好みがわからないので、水の入ったコップと、サイダーとコーラを一瓶ずつ持ってきてテーブルに置いた。パク先生は水を手に取ったが、飲まなかった。

「あとでまた来るよ。まだ誰にも知らせていない。知らせてから……一緒に……また来るよ」

一緒に、また来るよ。言葉と言葉のあいだの沈黙が重く心にのしかかった。それこそ人生を耐え忍んで生きてきた男の、哀れみ深い情かもしれない。彼は今朝も新聞販売店に行っただろうか。昨日まで冗談を言い合った友人はもういないが、朝鮮日報を一部受け取って家に帰ったのだろうか。ふと思った。パク先生はなぜこの生涯、朝鮮日報を購読し続けているのか。本心なのか防御なのか、私には知るよしもなかった。

口に出して尋ねる代わりに、私は黙ってパク先生を見送った。中に入れと手を振っていた彼がはたと立ち止まり、懐から封筒を取り出した。

「忘れるところだった。これを渡しに来たんだった。歳を取ると、ボケていなくてもうっかりすることが多くてね」

香典を遠慮なく受け取ってもいいのだろうか。困っている私の手に封筒を握らせ、パク先生は踵《きびす》を返した。誰かの葬式に行くたびに私は頭をひねった。いくら出せば相手と私の関係を端的に表すことができるのか。他人はいくら出すのかこっそり調べ、ふつうならこのくらい、もう少し想いがあれば数万ウォンを上乗せ、一生つきあいのある家の人なら忘れないように高額を、そうやって私は生きてきた。そうやって生きてきた私は、パク先生の姿が見えなくなるや封筒を開けた。パク先生にとって父はどの程度だったのか気になったからだ。五百ウォン銅貨が一つ、ぽろりと転がり落ちた。香典ではなかった。

総額十七万五百ウォン。

封筒の下に小さな字で、

四月二十五日、四千ウォン（焼酎一本（約360㎖）、エッセ一箱）

四月二十六日、四千ウォン（焼酎一本、エッセ一箱）

四月二十七日、四千ウォン（焼酎一本、エッセ一箱）
四月二十八日、四千ウォン（焼酎一本、エッセ一箱）
四月二十九日、四千ウォン（焼酎一本、エッセ一箱）
四月三十日、九千五百ウォン（飯代四〇〇〇×二＝八〇〇〇、焼酎一本一五〇〇ウォン）

支出内容が記されていた。先日、私が送った二十万ウォンの残額だった。

★

四月二十四日。つまり、いまから七日前。父から電話がかかってきた。父が先に電話をかけてきたのは、生涯ひっくるめて十回にもならなかった。最後の三回は、認知症になってからの一年に集中していた。父はいつも単刀直入だったが、それは認知症になったあとも変わらなかった。父が認知症になったのを知ったのは、一年ほど前、父が久しぶりに電話をかけてきたときだった。私が電話に出るなり、父は前置きもなしにこう言った。

「おまえの懐事情はどうだ」

「え？」

「いいのかと訊いているんだ」

「はい」

私は他に答えるすべを知らない。社会主義者の両親にそうやって育てられた。石ころにつまづいて転んでも、両親は幼い私を起こしてくれなかった。すねの皮が剝けて血が出てもまったく動じなかった。私は少し泣いてから、砂をはたいて起き上がった。そうして成長した私は、誰に対しても弱音を吐いたことがない。泣いたこともない。これがまさにパルチザンの娘の本質なのだ。

「ちょっとばかり金を送ってくれんか」

父は口が裂けてもそんなことを言う人ではなかった。私はその瞬間、父は認知症だと医者よりも断固たる判定を下した。認知症でもない父がそんな頼みをするはずがない。いっそ舌を噛み切って死んだ方がマシだと思うだろう。それからわずか二か月後、父が認知症だという母の知らせに驚かなかったのは、その日、痛切にそう思ったからだった。

「いくら要るの？」

どうせなら三千万ウォンとか二千万ウォンならよかったのに。それならワンルーム程度の安いアパートではあるが、それを売り払ってでも金を工面したはずだ。世間の娘たちのように、心配しつつも恨み言を並べながら。ところが父はこう言った。

「三万ウォン（約三千円）あればいいだろう」

　生涯それ以上の金額を使った経験がない証拠なのか、それとも認知症になっても娘の生活を心配している証拠なのか。父は生まれて初めて娘に金を要求した。たったの三万ウォンを。娘であれ赤の他人であれ、絶対に迷惑をかけないという生涯の原則を破らせたものが、わずか三万ウォンとは。これこそ老いた革命家の卑しい現実ではないか。私は父に三十万ウォン（約三万円）を送った。これもまた、あちこちの大学を渡り歩く、老いぼれ革命家とさほど変わらないパルチザンの娘の卑しい現実であった。

　翌日、母が電話をかけてきた。

「アリ、正直に言いなさい。あんたが送ったの？」

　父が認知症になったことをまだ誰も知らなかった頃から母は一人あれこれ気を揉み、毎日、父の服のポケットを調べていたのだが、ある日、財布に二十九万七千五百ウォンもの大金が入っているのを見つけた。父はパク先生に借りたと言い繕った。だが母の鼻は犬の鼻、においを嗅ぎつけて私に電話をかけてきたのだ。幼い頃から、私が嘘をつくと母は即座に見破った。私はあっさり認める他なかった。

「そう」

「父さんはね、もうあんたの知っている父さんじゃないの。正気じゃないってこと。どこかで盗んだお金じゃないかって、まったく生きた心地もしなかったんだから。だからもう送ってこないで。あんたが汗水垂らして稼いだお金なのに、酒とタバコに消えてしまったら嫌でしょ？」


数年前まで、父は求礼《クレ》に初めてできた高層マンションの管理員として働いていた。二十四時間働いて一日休む交代制勤務をして、ひと月に五十万ウォンの収入しかなかった。行商人さながらだといつも不平不満をこぼしていても、私の労働は父の労働よりずっと高額だった。

「あんたの気持ちはわかるけど、父さんのためにはならないから。革命家たる者が酒とタバコの一つも思いどおりにできないなんて聞いて呆れるよね。あの人の人生は、どうやら徒労に終わったみたい。おかげであたしの寿命は縮まったわよ」


そのときも私は心の中で笑った。寿命が縮まる？　私の両親は人生のすべての運を命と引き換えにして、執拗にも生きながらえているところだと、そのときの私は思っていた。両親の会話の中に出てくる人たちはみんな、その昔、智異山《チリサン》で死んだ。私の両親は麗水《ヨス》・順天《スンチョン》事件の直後に山に入った旧パルチザンで、そのうち生き残った人は数えるほどしかいなかった。それだけ運の強い人たちなのだ。貧しいながらも長生きしたいか、金はあるが早く死にたいか、と神に訊かれたら、私は迷わず後者を選ぶだろう。そんなことを考えながら、私は母の懇願を聞き流した。

その後も父から何度か電話がかかってきた。金額はいつも三万ウォン。私はその都度三十万ウォンを送り、二日も経たないうちに母に見つかった。父が最後に電話をかけてきたのは四月二十四日。いつものように三万ウォンを送ってくれという電話だった。私は電話を切るなり、父が毎日暇つぶしに通っている三五《サモ》時計屋に電話をかけた。パク先生が電話に出た。もし他の人が出たら、パク先生に代わってほしいと言うつもりだった。

「父が少しおかしいのを、ご存じですよね？」

パク先生はなにも答えなかった。耐え忍んで生きているパク先生の返事をいつまでも待っているわけにはいかないので、私は自分の言いたいことだけを吐き出した。

「なんでもすぐに忘れてしまうので、お酒もタバコも以前より増えているそうです。母は父に一銭も渡していないようですけど、正気のときも我慢できなかったものをやめられるでしょうか。すみませんが、私が先生にお金を送りますから、貸すふりをして父に毎日一万ウォンずつ渡していただけませんか」

「そうしよう」

それだけだった。私はすぐに二十万ウォンを送金した。いつものように三十万ウォンを送らなかった理由については、考えたこともなかった。パク先生に渡された封筒を見て初めて、いつもと違って二十万ウォンしか送らなかったことを思い出した。深く考えるまでもなかった。他人に預ける金だったからだろう。少しずつ頻繁に送る方が安全だと、抜け目のない私は思ったはずだ。十七万五百ウォン。封筒に書かれたパク先生の端正な字が、私をせせら笑っているようだった。

ほら、みろ、世の中捨てたもんじゃないだろ。遺影の中の父が私を揶揄しているようだった。父は人間を信頼した。保証人になってやったのに黙って夜逃げした遠い親戚のことも、決して恨んだりしなかった。

ずいぶん前に、父が電話をかけてきた。そのときも単刀直入に用件だけを言った。

「いつ来るんだ」

いつ来るのかというのは、私に用があるという意味だ。

「明日」

「何時にそこを出る？」

「着いたら二時頃になると思うけど」

「二時に農協で会おう」

慌てて駆けつけてみたら、父は貯金でもせよと言うような口調で事もなげに言った。

「おまえが保証人になってくれ」

「お金が要るの？　いくら？」

「俺じゃない。下《しも》に住んでいたヨンシク、おまえも知ってるだろ。ヨンシクが死んだあと、その女房が食堂でもやって子どもを養いたいって言うから保証人になってやったんだが、店が潰れて逃げてしまった」

　続きは聞かなくてもわかる。その借金を父が肩代わりしたのだ。未曽有の事態ではなかった。骨身を削って働いて少し金がたまっても、すぐまた空っぽになる。たいていは保証人が原因だった。それでも父は一人でどうにかこうにかその多額の借金を返した。肩代わりした借金が私にまでふりかかってきたのは初めてだった。さらに延長するには父が歳を取りすぎていたのだ。翌朝、父のズボンのポケットから銀行の書類を見つけた母は、涙と洟水《はなみず》を垂らしながら嘆息をもらした。

「ああ、なんてこと。娘になにか遺してやるどころか、借金を残すなんて。父親らしいことはなんにもしなかったくせに、保証人？　いますぐあの女を呼び戻しなさい」

あの女だなんて。小学校しか出ていないが、母ほど知的な人は求礼《クレ》ではめずらしかった。物静かで慎ましやかな人柄といい、深い眼差しに教養のある話し方といい、判事か検事、作家だと言われても頷けた。いつも本を手放さない母を、校長先生だと勘違いする人も少なくなかった。毎朝、私を迎えにきていた小学校の先輩の初恋も母だった。

雨の日も雪の日も迎えにくるものだから、私は幼い少年の初恋の相手は自分だと思い込んでいた。大学に入ってからは、月日が流れてもなおも変わらず連絡をしてくるその人から逃げまくった。いつまでも初恋を引きずっている彼を内心あざ笑いながら。先日、十数年ぶりに連絡のついたその人が開口一番にこう尋ねた。

「お母さんはお元気か？　いまでも美しいだろうな。おまえんとこのお母さん、ほんときれいだったよな……。俺の理想の人だった」

ということは、彼が敷居が擦り減るほどわが家に出入りしたのは、他でもない母に会うためだったのか。なんてこと。恋敵という言葉は適切ではないが、ともかく、私ではなく母だったとは！　私の人生はそのときからねじれはじめたのかもしれない。無学な自分の母親とは違って知的だったというのが、私の母が初恋の人だった彼の大胆な言い分だった。

　知的な上品さで幼い少年の理想の女性だった母が、たかだか千二百万ウォン（約百三十万円）のために、あの女などという下品な言葉を口にしている。娘としての寛大な心でそれはきっと美しい母性愛のせいだと思うことにしても、イデオロギーなど、金や母性愛を前にしては無用の長物なのかもしれない。にわかに千二百万ウォンの保証人になった私は、一介の時間講師のくせに金を返す心配もせず、朝っぱらからそんな冷静な分析をしながら、老いた革命家である母が悪態をつくのを黙って見ていた。

　母の小言などどこ吹く風と朝のニュースを一心に見ていた父が、とうとうリモコンを床にバンと置いて立ち上がった。

「やかましい。夜逃げしたのには、よほどの事情があったんだろ！　あの人とて、別に贅沢をして金が返せなかったわけじゃない。実家にも連絡もせずに、息を潜めて暮らしていたんだ。よほどの事情があったんだろ！」

　父がそう言うと、母は悔し涙を流した。

「他人の事情は手に取るようにわかるのに、女房のことになるとさっぱりなんだから。こっちは体じゅうが疼《うず》いてご飯の支度もやっとだし、夜はつらくて眠れないってのに。そんなお金があったら、わたしを病院に行かせてよ」

　そのときの父の眼差しが、私はいまでも脳裏に焼きついている。父は冷ややかな目で母を睨みつけたかと思うと、小声で、それでいて断固とした口調で言った。

「きみは自分だけいい暮らしがしたくて、智異山《チリサン》であんな苦労をしたのか？　いったいなんのために命を懸けたんだ！」

　小間物売りが泊まった夜のように、さめざめと泣いていた母の涙がぴたりと止まった。その日以来、母は二度と借金の話をしなかった。父は七十を過ぎた歳で栗農家の仕事を手伝いながら、一年に数十万ウォンずつ借金を返済していった。まだ半分以上残っている借金は、母が危惧しているとおり、いずれ私が肩代わりすることになるだろう。もう顔も思い出せない遠い親戚は、苦労して稼いだ金で自分の借金を快く返してくれた父のために、他の誰に対してよりも濃度の高い涙を一粒でもこぼしてくれるだろうか。父と違って人間を信用しない私には、とうてい信じられないことだった。痩せ細った父が干葉汁《シレギ》などをすすっているときに、その女は父の金で三枚肉《サムギョプサル》をたらふく食っていると思う方がよっぽど信憑性があった。

　十七万五百ウォンが入った封筒を、私はぼんやりと眺めた。焼酎一本とエッセ一箱。他人のために千二百万ウォンを快く差し出した父自身が一日に必要な金は、わずか四千ウォンだった。

最後の日、父は過度に金を使った。四月三十日、九千五百ウォン（飯代四〇〇〇×二＝八〇〇〇、焼酎一本一五〇〇ウォン）。人生最後の日、父は誰かと四千ウォンの最後の晩餐を楽しんだ。おそらくメニューは味噌《テンジャン》チゲで、相手はおおかたパク先生だろう。教職員の年金でそれなりに暮らしていけるパク先生は引き止めただろうが、借りを作りたくない父は、認知症になってもその気性を捨てられない父は、気前よく一万ウォン札を出したに違いない。耐え忍ぶ、という言葉の持つ意味が、私は初めてわかるような気がした。

★

川辺の道に立ち込めていた霧が晴れた。さっきまでの濃い霧が夢だったかのように、一瞬の出来事だった。霧が濡らした湿気のせいか、朝の陽射しがひときわ燦爛と輝いていた。陽射しが砕けるアスファルトに二人の老人の姿が現れた。一人はさっき帰ったパク先生で、そばにいる腰の曲がった老婆は、おそらく三五《サモ》時計屋に出入りする同窓生の一人だろう。パク先生はあとでまた誰かと一緒に来ると言っていたが、途中で出会った老婆と一緒に引き返してきたらしい。

老婆は淡々とした表情で弔慰金箱に封筒を入れてから、跪いて哀悼の意を表した。父の死を悲しんでいるからなのか、それとも葬儀場のファン社長の切ない話を聞いたからなのか、泣き疲れた母は遺族の休憩室で休んでいた。おそらく母は葬儀のあいだじゅう、休憩室で過ごすことになるだろう。脊柱管狭窄症を患っている母が弔問客が来るたびに跪いて弔意を受けていたら、葬儀を続けざまに行うことになりかねない。なので母に代わって私が対応をした。この葬儀で喪主は私しかいない。漢方薬で息を吹き返した父の精子が、ふたたび蘇生することはなかったからだ。

老婆はふしくれだった指で私の手を握った。その時代に小学校を出ていればそれなりにインテリだが、平穏な歳月を過ごしたようには見えなかった。農作業をしていた頃の母の手よりもごつごつしていた。断りなしにがしっと私の手を握る彼女が煩わしかった。葬儀のあいだに何人の手が私の手を経ていくのだろう、考えただけで眩暈《めまい》がした。犬みたいに自分の縄張りを主張したくなった。

「さすがは三秒爺さん。あっさり逝っちゃったわね」

三秒爺さん？　貧相な風貌をした老婆だが、察しはよかった。

「コップ一杯の焼酎を三秒で飲んでしまうから、三秒爺さんよ。三秒爺さんは店に入ってくるなり、勝手に冷蔵庫から焼酎を一本取り出してね。コップになみなみ注いで、一気に飲むの」

　そばでパク先生が頷きながら口を添えた。

「この人は三五《サモ》時計屋の隣にある店の女将《おかみ》。さっきそこで会ってね。一人じゃ照れくさいって言うから一緒に来たんだよ」

　時計屋の隣にある店なら、丸いセメントのテーブルが二つあって、暇を持て余している爺さんたちに酒やクッパを売っているところだ。母を呼ばなくて本当によかった。母は飲み屋の女というだけで忌み嫌った。私のせいだった。

　父は幼い娘をどこに行くときも連れていった。市の立つ日は、五差路にあった河東《ハドン》屋にも連れていった。商号もない小さな飲み屋だった。女将が河東の人なので、客はみんな河東屋と呼んだ。そこで父は気の合う人たちと肴《さかな》もなしに昼酒を飲んだ。父は私を膝にのせ、酒を飲んでいるあいだじゅう足を揺すった。ブランコに乗ったみたいに揺れるのが面白かった私は、父の膝の上で女将にもらったものを食べながら酒の席に溶け込んだ。唐辛子の値が上がったただのと、子どもらしからぬ雑談をしながら。

いつだったか、肉づきのいいでっぷりした女将が、柄にもなく体をくねらせながら猫なで声を出した。

「ちっとも来てくれないから、もう会えないかと思ったじゃないの」

「そりゃ心外だなあ。俺の胸の内には女将しかいないってのに」

父がおどけて女将の尻をポンポンと叩いた。次の瞬間、私は父の膝からバッと飛び降りて、父の手を引っ張った。父は酒も飲めずに、四歳の娘に引きずり出された。私は目を三角にして、見えなくなるまで女将を睨みつけた。その日以来、父は五差路の方に足を向けられなくなった。私が一緒にいるかぎり。

四歳のくせにちゃっかりしていた私は、父が女将の尻を触ったことを母には話さなかった。父が話した。女の尻を叩くことぐらい、父にとってはなんでもなかったのだ。父が町に出かけようとすると、母は、河東《ハドン》屋の女将の尻でも触りに行くのかと冗談を言い、そのたびに私は荒れ狂ったように父のズボンの裾にしがみついた。私はそれ以来、女将に会ったことはない。父は会ったかもしれない。少なくとも飲み屋に行くときは私を連れていかなかった。

大したことでもないのに、私はそのことを長いあいだ忘れられないでいた。私の知らない父、革命家ではない父。幼い私がそのとき見たものは、凡庸な男の凡庸な行動だった。大きくなってからも、河東屋の前を通るときはいつも顔を背けた。私が顔を背けたのは河東屋の女将ではなく、偉大なる革命家の内に潜んでいるであろう凡庸な男の欲望だったと思う。その頃、父は服役中だったたし、私は父が正義のために命を懸けた偉大な革命家だと信じて疑わなかった。いや、そう信じなければならなかった。でないと、刑務所にいる父を見捨ててしまいそうだった。

「おお、義姉《ねえ》さん。来たな！」

家で寝ていたはずのパク・ドンシクさんがいつの間にかやってきて、老婆のそばに腰を下ろした。そして、親しげに老婆の肩を抱いて言った。

「アリ、知ってるか？　こちらは親父さんの最後の恋人だ」

「ひゃあ！　つまらない冗談はやめてよ。娘さんが誤解したらどうするの……」

老婆が恥じらい多き乙女のように体をよじりながら、ドンシクさんの懐から離れた。誤解？　あほらし。いや、待てよ。この人、いかにも民衆くさいから、意外と父の理想のタイプかもしれない。そんなことを考えながら、私は黙って彼らが戯れているのを見ていた。

「朝晩出入りしてりゃ、恋人だろ」

「たしかに足しげく通ってくれたわよね。お目当てはあたしじゃなくて、焼酎だったけど」

私の気持ちなどお構いなしに、二人は息の合った漫才コンビのように掛け合った。

「そうそう、昨日飲み残した焼酎が半分、冷蔵庫に入ったままだけど……もう来ないんだね。あんなにお酒が好きだったのに……。毎日必ず三本は飲んでたかねえ」

父が毎日のように酒を飲むようになったのは、『新農民』を見ながら農業を始めた頃だった。父は田舎生まれだが、農作業をしたことはなかった。労働者と農民が主《あるじ》となる世の中を夢見て戦ったのに、本人はというと労働と親しくなれなかったのである。父にとって労働は革命よりも苦痛なものだった。凍えて死に、飢えて死に、銃に撃たれて死んでいった前職パルチザンの一人である父が、唐辛子畑の草取りをする二時間にも耐えられず、ささっと逃げてきてはビールグラスに焼酎を注いで一気飲みするたびに、私は心の中であざ笑いながら考えた。革命家と忍耐力の相関関係について。忍耐力のある人は革命家にならないというのが、高校時代の私の結論だった。

苦痛であれ悲しみであれ怒りであれ、忍耐力のある人は戦わずにじっと辛抱する。じっと辛抱できない人間が立ち上がって、ヤクザ者になったり革命家になったりする。父には忍耐力がなかった。解放された祖国で親日派がのさばっていることにも、好きでもない人と結婚せよという封建的残滓にも、持てる者たちの横暴にも、我慢ならなかった。もちろん、二時間の労働にも。そんな父が、いまにも凍死しそうな苦痛に、飢えの苦痛に、生死の境をともに乗り越えた仲間たちがすぐそばで死んでいく苦痛に、どうやって耐えたのだろう。信念のためだとも考えられるし、山を下りたところで待ち受けているのは死のみだという、絶望的な現実をよく知っていたからかもしれない。

　私が冷ややかな目で父を分析しているあいだ、父は新聞を一頁ほど読み、ようやく重い腰を上げて親しくなれない労働に戻っていった。つまり、酒はつらい労働を続けるための鎮痛剤のようなものだった。父は毎日欠かさず焼酎を三本飲んだが、アルコール依存症どころか単なる飲んべえでもなかった。酒に魂を呑み込まれるがままになっている、そう、叔父ぐらいになってこそアルコール依存症だと言えるのだ。父は三秒爺さんというあだ名のとおり、鎮痛剤を飲み込むように酒を飲み干しただけだ。

「好きなのは酒だけじゃない。女も好きだったんだぞ。知らなかっただろ？」

　ドンシクさんが私の顔を見ながら、片目を瞬《しばたた》かせた。私の知らない父を自分はなんでも知っているとでも言いたげだった。男同士が共有する秘密など、火を見るよりも明らかだ。本来なら河東《ハドン》屋のときのように引きずり出してやりたいところだったが、ここは父の葬儀場。私は笑みを消した真顔でドンシクさんを睨みつけることで怒りを静めた。もちろん鈍感なドンシクさんは、私の目つきがなにを意味するのか見抜けなかったけれど。老婆はその秘密を自分も知っているとばかりにドンシクさんと視線を交わすと、ふたたび話を続けた。

「お酒は焼酎だけ。ビールには見向きもしなかった。洋人のものをなんで飲むのかって。それがいつだったか、焼酎と引き換えてくれってウイスキーを持ってきてね。ほら、あれよ。朴正熙《パクチョンヒ》大統領が飲んでいたとかいう」

父が焼酎一箱と交換したシーバスリーガル十八年は、私が渡した。当時ウイスキーの魅力に取り憑かれていた私が、ひと月ほど舌鼓を打ちながら大切にとっておいたものを父に渡した理由は、愛酒家ともあろう人間が生涯をとおして飲んだ酒がマッコリと焼酎しかないなんて、残念でならなかったからだ。その酒を父は味見もせずに焼酎と換えた。そんな焼酎ごとき、箱ごといくらでも買ってやるから、せこい真似をせずに味を見てみろと怒鳴りつけたところ、めずらしく父が逆上した。

「酒なんて、どれもたいして変わらんだろうが。それともなにか？　洋人の酒は金《きん》でも着せてあるのか」

金を着せてあるかどうかは知らないが、私はウイスキーが好きだった。三十を過ぎる頃までは酒が苦手だった。焼酎はウーッと声が出るほど苦く、マッコリは新入生の頃に二杯ほど飲んで記憶を失ってからは見向きもしなかった。高粱《コーリヤン》酒はにおいが嫌だったし、ビールは冷たすぎて一杯飲むと下痢をした。三十を過ぎた頃、友人の引っ越し祝いに行って初めてウイスキーを飲んだ。オーク樽の香りは甘美で、その喉ごしに恍惚となった。その日飲まなかったら、私は永遠に酒と相性の悪い人間になっていただろう。限界とはそういうものだ。父は解放当時の限界といまもなお戦っているところであり、そのあいだに世の中はひょいとその限界を超えてしまった。

「そうよ！　金を着せてるかどうか、味を見てから言ってくれる？」

「たかが洋酒一本で、ずいぶんと恩着せがましいじゃないか！」

父はさっと立ち上がった。怒っていた。

数年後、就職した教え子がロイヤルサルート三十二年をくれた。私は飲んだこともない高価なウイスキーだ。割れたら困るのでエアークッションでぐるぐる巻きにして宅配便で父に送ったところ、父の反応といったら。

「おい。洋酒だかなんだか知らんが、わけのわからんものを送ってきてどうする。焼酎とも換えてくれなかったぞ」

葬儀場に来て三秒爺さんうんぬん言った女将がまさに、ロイヤルサルート三十二年を焼酎一箱と交換してくれなかった張本人である。田舎の人たちはシーバスリーガルは知っていても、ロイヤルサルートは知らない。朴正熙《パクチョンヒ》がロイヤルサルートを飲まなかったからだ。一九六一年から七九年まで最高権力者であった彼が飲んだのは、せいぜいシーバスリーガルだった。それも十二年物か、十八年物か。いまではたいていの人が免税店でバランタイン三十年を買う。

「義姉《ねえ》さんはなんにも知らないんだな。洋酒も好きだったぜ。ないから飲まなかっただけで。おじさんは洋酒も焼酎みたいにコップに注いで一気に飲み干す、男の中の男だった！」

　初耳だった。時間講師で稼いだ金を無駄に使うんじゃないかと心配していたのか。それとも焼酎もウイスキーも同じ鎮痛剤、質より量だと思っていたのか。でもなければ、男たちの前で粋がっていただけか。父の本音はいまも昔もわからない。

　三人は私の知らない父の日常を思い返しているところだった。私は葬儀場の事務所に行ってくると言って立ち上がった。晩年の父が時間と心を分かち合った彼らは、少し離れたところから見ると、冴えないどころかただの薄汚い年寄りだった。三秒爺さんと呼ばれた父が彼らと親しげに話をしているところを、なかなか思い描くことができなかった。私が知っている父は、家の中でも口を開けば民衆うんぬんの、厳《いか》めしすぎてむしろ滑稽な、それでいて心はいまも智異山《チリサン》と白雲山《ペクウンサン》を飛びまわっている革命家だったからだ。

葬儀場に備えつけられたスリッパを履こうとしたそのとき、ドンシクさんが追いかけてきた。私の携帯電話を差し出して言った。

「うちの末息子に頼んで、この中の連絡先に訃報を一括送信しておいた。もう心配は要らない」

つまり、私の携帯電話だと知っていて持ち帰ったのだ。手間が省けてうれしいと礼を言うべきか、なぜ頼んでもいないことをするんだと立腹するべきか、判断に窮した。連絡帳の中には訃報を知らせる必要のない人だっているのに。

携帯電話を差し出すドンシクさんの手は、私の手よりはるかに大きくて分厚かった。この手で嫌がる父を無理やり写真館に連れていき自分の懐の金で遺影写真を撮らせたり、ウイスキーをコップになみなみ注いだりしたのだろうか。数年前、父はドンシクさんを組合長に推したが失敗した。農村ではいまだに選挙に金がかかると、田舎者の精神は腐りきっていると憤慨していた父の姿が、いまでも目に浮かぶ。その後、父はドンシクさんとともに民主労働党支部を立ち上げ、ドンシクさんを郡議員に当選させるために奔走した。今回も志を遂げられないまま、父はこの世を去った。

「そうだ、アリ。ファン社長に、喪服（喪主は黒い韓服をレンタルして着る）があと六着ほどほしいって言っといた方がいいな。父方のいとこが七人だっけ？　男物は一着だけでいい。おそらくキルスに喪主は務まらんだろ。あの様子じゃ、叔父さんのあとを追うように逝っちまうな。アリはどう思うか知らんが、一人で喪主を務めるのは心細いから一緒にやってほしいって言ったら、みんな喜ぶぞ。コ一族はお節介焼きだからな」

かつて相撲の選手だったという、コ一族に輪をかけてお節介焼きのドンシクさんが、分厚い手で私の背中をポンポンと叩いた。繊細とか優しさとは縁遠いはずのその手が、このうえなく温かかった。

★

ドンシクさんに言われたとおり、ファン社長に男物の喪服を一着と、女物の喪服を五着注文した。葬儀場はすべて金だから財布の紐をしっかり締めておけと、ファン社長は実の兄のように口出しした。

「喪主っていっても娘一人だしなあ。式場の費用は元が取れるのやら……」

葬儀場の社長としてなのか、それとも兄貴分としてなのか、ファン社長はため息をつきながらあれこれ心配してくれた。心配であれ小言であれ、饒舌なところが父とそっくりなので嫌だった。急いで出ていこうとする私を、ファン社長が呼び止めた。

「アリ！　言っておきたいことがある」

ファン社長は私のすぐそばに来て周りを見まわしたかと思うと、顔を私の耳元にぴったりくっつけた。ここの人たちは対人距離の近さで親密さを表すのだろうか。まあ、動物だってそうだけど。いままで私がその距離を許容してこなかっただけだ。アカやその子どもたちは気を利かせて、ふつうの人間が親密だと思う距離の外にいなければならない。さもなければ、アカの知人だという理由で相手に迷惑をかけることになる。

長年体に沁《し》みついた習慣で、私はすばやくのけぞった。ファン社長の体もまた習慣的に私の方に傾いた。傍から見たらセクハラさながらの恰好だ。しかし、ファン社長の体は近づくのに一抹の遠慮もなかった。仕方ないので、腰が痛くなるほど反り返って彼の話を傾聴した。

「アリ、気をつけろよ。弔慰金を誰に任せるかは、慎重に慎重を重ねて決めた方がいい。いとこもはとこも信用しちゃいかん。どいつもこいつも盗人だと思って、目を凝らしてよく見るんだぞ。とにかくいろんな人間がいるからな。この前なんか、兄弟で分けるのが嫌だからって、母親の弔慰金を持って逃げたやつもいたんだよ。人は見かけによらないよ。学校の先生をやってるらしいが……。アリの親父さんは生涯やられっぱなしだったから、最後ぐらいは穏やかに逝ってほしい」

父は終生やられっぱなしだったわけではない。やられるまいと社会主義に足を踏み込み、自分の選択した戦いに寂しく敗れただけだ。父は十代の後半に選択したことに対する責任を、メーデーの明け方に八十二年生きたこの世を去るまで、背負い続けた。社会が個人の選択に対する責任をこれほどまで過酷に問うべきなのかについては、異論の余地があるだろう。思想の自由が保障されるべきだと言う人もいれば、アカなど皆殺しにしてしまえと言う人もいるだろう。同族同士の惨劇をもたらし、いまなお休戦中であるうえに南北のイデオロギーが異なるのだから、意見が一致するはずもない。それに私は是非を正す立場でもない。

ただ、やられたことについて言うと私の方がひどかった。父は自分で選んだことだから仕方ないとしても、私はなにも選んでいない。アカになりたいとか、アカの娘に生まれたいと思ったこともない。生まれてきてみたら貧しいアカの娘だったのだ。選べるのなら、誰がこんなふうに生まれてきたいと思うだろう。当然、イ・ブジン（サムスングループの娘で、現在の肩書きはホテル新羅社長）や、女優のキム・テヒのような人生を選びたい。顔も知らないアカの父を持つファン社長もきっとそう思っているはずだ。

　さっきまで霧に覆われていた道路には、五月の初日にはめずらしく、真夏のような陽射しが照りつけていた。その光の中を、私よりもずっと悔しい人生を送った父の兄の息子、キルス兄さんが弱々しく歩いてきた。胃がん末期だという彼は、ドンシクさんの言葉を借りると、父のあとを追うように逝ってしまいかねないほど顔色が悪かった。昨年、末期がんと診断された頃、キルス兄さんは副郡守への昇進を控えていた。人に誇れるものなどなに一つないコ家で、最も前途有望な人だった。

　兄さんはアカの叔父を持ったおかげで、陸軍士官学校に合格していたにもかかわらず、身元取り調べで引っかかって入学できなかった。私の父に息子の行く手を塞がれたことが、伯母にとってはこの世を去るまで千秋の恨事であった。兄さんの本心はわからないが、口に出してはなにも言わなかった。

　兄さんが陸軍士官学校に入学し損ねたとき、私は八歳だった。ぼたん雪が降りしきる山あいの冬の午後、すぐ下の家から不意に泣き声が聞こえてきた。女の声だった。伯父《クンアボジ》の家の娘たちはみんな小学校を出たあとソウルの工場に入ったので、下の家に女は伯母しかいなかった。泣き声は一向にやまなかったが、母も父も行こうとしなかった。夕飯の支度をしようともしなかった。おろおろしている私を、母はおとなしく座らせた。辺りが真っ暗になった頃、父がようやく口を開いた。

「飯にしよう。飢え死にするわけにはいかんだろ！」

「そうね。生きるためには食べなきゃね」

　母は私の頭を撫で、よいしょと腰を上げた。生涯、一度もローションをつけたことのない母の顔に、白いはたけが涙のように広がっていた。

　翌日、夜が明けるなり伯父の家に走っていった。どうしたわけか、伯父の家に続く道には雪がうずたかく積もっていた。いつもなら父が真っ先に、雪の降った形跡すらないほどきれいに掃くのだが。伯父の家の庭にも雪が積もっていた。誰も踏んでいない庭に足跡を残しながら家に入ろうとしたそのとき、炊事場から伯母がにゅっと顔を出した。手には湯気がもくもくと立ち昇るひさごが握られていた。伯母が私の立っている方にバシャッと水をかけた。シャリシャリと音を立てて白い雪が溶け、私の前に細い径《みち》ができた。

「母さん！」

　縁側に立っていたキルス兄さんが、低めの尖った声で呼んだ。ふだんは息子の言うことに逆らわない伯母が、私の顔を食い入るように見ながら鋭く言い放った。

「あの家の人間のツラなんかもう見たくない。とっとと消え失せろ！」

「母さん！　頼むから！」

火の粉が飛び散るような目つきで私を睨みつけていた伯母が、さっと背を向けた。スカートの裾からヒューッと冷たい風が吹きつけてくるようだった。

「またあとでおいで」

縁側に立って私をじっと見ていたキルス兄さんが、そう言い残して部屋に入った。兄さんは私を見るといつも、めぼしいものがないときは干し芋を握らせて、今度の試験は何番だったかとか、最近はどんな本を読んだのかなどと、優しく訊いてくれた。兄さんは親戚の中で私を一番可愛がってくれた。私も兄さんが大好きだった。本好きで勉強好きなのは兄さんと私しかいなかったので、私たち二人だけが共有する特別な世界があるような気がした。

私は土曜日の午後になると、一時間歩いてキルス兄さんを迎えに行った。町の学校に通っていた兄さんは、週末だけ家に帰ってきた。兄さんは高校に入るなり、古い荷台付きの自転車を買った。

「兄ちゃんに会いたくて来てくれたのかい？」

兄さんはそう言って私の頭を優しく撫でたあと、ひょいと持ち上げて荷台に座らせた。そして、サドルに腰を下ろさずに力いっぱいペダルをこいだ。リズムに乗って右、左、上がっては下がる兄さんの背中に頬をくっつけていると、今後生きていく日々もきっと軽快で楽しいだろうと思った。

　伯父の家の庭に立ち尽くしたまま、私は予感した。兄さんとの時間はもう終わったのだと。私はなにがあったのかも知らないくせに、無性に申し訳なく、恥ずかしかった。私はそうっと自分のつけた足跡を踏んで庭を出た。純白の庭にそれ以上、跡をつけてはいけないような気がしたからだ。

　一般の大学に進学したくても先立つものがなかった兄さんは、春になるや兵役に就いた。数か月過ぎて秋になった頃、兄さんに合わせる顔がないのか父も刑務所に入った。もちろん自ら進んで入ったわけではない。市に行ったときに担当刑事に出くわし、それまで見て見ぬふりをしていた刑事がどうしたわけか父を引っ捕まえただけだ。父がふたたび収監されたという消息を、私たちは数日後に聞いた。父のいないパンネ谷でこの先どう生きていけばいいのか途方に暮れた母と私は、町に引っ越した。

　除隊した兄さんはすっかり大人になっていた。たまに顔を合わせることもあったが、以前のような親しみやすさはなかった。誰に対してもそうだった。大人になった兄さんは、もう昔の兄さんではなかった。誰とも話をしようとせず、なにをしても上の空だった。数年後に連座制（罪を犯した者とその親族に、罪の責任を負わせる制度）が解かれると、公務員の試験にパスして末端公務員になった。

　それからの兄さんの人生については知らない。仕事のやり手だという噂で持ちきりだ、昇進は一番早かった、面《ミヨン》（農村部の行政区分）長の娘がぞっこんで見合いをさせようとしたがすげなく断られた、よりによって自分よりはるかに劣る女と結婚した、女房に似て不器量で賢くもない息子が生まれた、などが私の聞いたすべてだ。

　そんな話を聞くたびに、私はぼたん雪の降った冬の日を思い出すのだった。兄さんの胸の奥底にも、その日のことが痛々しく残っているはずだ。その日を胸に抱いたまま、兄さんと私は疎遠になって生きてきた。アカの娘である私は、兄さんのことを思うと罪を犯した気分にさせられた。アカの娘である私より、アカの甥である兄さんが耐えなければならなかった人生の方が理不尽だと思ったからだ。自分の前途を阻んだのが父親の罪ならまだしも、叔父の罪だなんて！

　人生の行く手を阻んだ叔父の葬式にやってきたキルス兄さんが、ぼたん雪が降ったあの冬の日のように、なにも言わずに私を見つめていた。来たよとも言わずに。私も黙って弔問室に案内した。ドンシクさんが驚いて立ち上がり、靴箱の前まで駆けつけた。

「来たな。来ないかと思ったよ」

　支えようとしたドンシクさんの手を、兄さんは静かに振り払った。

「……来るさ」

　痩せさらばえた体で兄さんが歩いてくるあいだ、私は休憩室で横になっている母のところに行った。うとうとしていたのか、私が肩を揺さぶると母はビクッとして目を覚ました。

「キルス兄さんが来たよ」

「アイゴー、なんてこと。あんな体で来るなんて。ありがたくもなんともない人のところに」

　母があたふたと出ていった。母はキルス兄さんの手を握ったまま、その場にへたり込んだ。母の手に引っ張られて中腰で膝をついた兄さんの体躯は、幼い子どものように小さかった。母はそんな兄さんの肩と腕を撫で続けた。

「可哀想に……可哀想に」

　母が哀れんでいるのは死んだ父ではなく、もうじき死ぬであろうキルス兄さんだった。もうじき死ぬ体で死んだ人を弔問するのはどんな気持ちだろう。私には想像もつかなかった。私は母を起こして喪主の席に座らせた。私だったらこんな場所で誰かに慰めてもらいたくない。気丈で自尊心の強い兄さんもそうだと思った。

兄さんは淡々とした表情で、父の遺影に向かって二礼をした。そのあと、私と向かい合って一礼をした。母は苦しそうに跪いて頭を下げる兄さんを見ながら泣いてばかりいた。

「可哀想に、可哀想に……」

歌のサビのように嘆息をもらしながら。

私の方こそ、哀れな兄さんにどう接したらよいのかわからなかった。幸いにも機転が利くドンシクさんが兄さんを自分のテーブルに連れていった。厚かましくてお節介な人を疎んではいけない。どう見てもこの葬儀、私よりドンシクさんの方が役に立っている。私は誰かの葬式に行ったことがほとんどなかった。たいていは弔慰金を送って済ませた。煩雑なところはまっぴらだったし、他人の不幸を労わるような器量も持ち合わせていなかったからだ。当然、葬式の手続きについても無知だった。もしドンシクさんがいなかったら、病院ですでに途方に暮れていただろう。私よりも先に病院に駆けつけたのも、葬儀場を決めたのも、遺影を持ってきたのも、訃報を知らせたのも、すべてドンシクさんだった。

ドンシクさんは私に代わって紙コップに水を入れ、兄さんの前に置いた。兄さんは生気のない顔で背筋を伸ばして座ったまま、コップには手もつけなかった。

「調子はどうだ」

私が訊きたいけれど訊けなかったことを、ドンシクさんが代わりに訊いてくれた。

「相変わらずさ」

「なにか食うか」

兄さんは食うとも食わないとも言わなかった。口に出さずに呑み込んでしまった私の父に対する恨みつらみが、生きているあいだ膨らみ続け、兄さんの命を奪おうとしているのではないか、ふとそんなことを思った。一度でも父に恨みをぶちまけたことはあるのか、尋ねてみたかった。

「兄さん……」

訊いてみたくて呼んだものの、どう話を切り出せばよいのかわからなかった。あの冬から、私たちはあいさつ以外の言葉を交わしたことがなかった。そのあいだに三十年余りの月日が流れた。止まった時間を動かす器量は、私にも兄さんにもなかった。私を黙って見ていた兄さんが、頷きながら言った。

「大丈夫、大丈夫だ」

自分の体が大丈夫だと言っているのか、それとも死んでも大丈夫だと言っているのか、あるいは生き残った者はそれでも生きていくから大丈夫だと言っているのか、わからないまま私の目からどっと涙があふれ出た。なぜ泣いているのかもわからなかった。兄さんは私をただじっと見つめていた。しんとした眼差しで。父の死だけでなく、やがて襲いかかるであろう自分の死も淡々と受け入れたような、いや、死の彼方の空虚をすでに見てしまったような眼差しで。そんな眼差しを見てはもう泣けなかった。泣くことすら贅沢に思えたから。もともと私は涙とも相性がよくなかった。

兄さんがテーブルを押さえて腰を上げた。来たときと同じように、よろよろと重い足を引きずった。ベルトをきつく締めているのか、腰の辺りから尻にかけて大人の拳がいくつも入るほどだぶついていた。兄さんの体から生が抜けつつあった。私は陽射しの中へ消えていく兄さんの後ろ姿を長いこと見つめていた。兄さんは人生の最後の弔問を終え、自分の死に向かって歩いているところだった。

★

駐車場の方から騒がしい泣き声が聞こえてきた。パンネ谷に暮らす従姉たちが到着したようだ。こんなに騒々しいのは従姉たちをおいて他にいなかった。一人はパンネ谷の男性と結婚して生涯をパンネ谷で暮らし、あとの二人は長い他郷暮らしを経たのち、老いて故郷に帰ってきた。ずっと離れて暮らしていても、彼女たち三人は相変わらずお節介焼きで情に厚かった。言い換えれば、他人のことに深入りし、なんにでも首を突っ込むという意味だ。それにわが家とは違って、興に乗りやすく陽気な人たちだった。

母が七十歳になった年のことだった。私は大学院に在学中だった。それまで両親の誕生日も還暦も祝ったことがなかった。いや、できなかった。四十で私を産んだ母が還暦を迎えたとき、私はまだ大学生だった。教育ローンで大学に通う分際で、誕生日を祝うなんてとんでもなかった。院生になった私はどうにか二百万ウォン（約二十万円）を調達し、小さな食堂を借りた。二百万ウォンでは、両親に韓服を買い、食事代を払うのもやっとだった。一番高価な一人一万五千ウォン（約千五百円）の定食を予約したかったが、そうすると招待客を減らさなければならない。悩んだ末、思慮深い知人に電話をかけた。

その人は求礼《クレ》で餅屋を営んでいた。だから私は餅屋の姉さんと呼んでいた。餅屋の姉さんは母のパルチザン時代の同僚の娘だ。連絡員だったという彼女の母親は、山に入らなかったので拘束を免れた。女手一つで五人の子どもを養わなければならなかった自分の境遇もかえりみず、出所した母と道でばったり会うたびに、ありったけの金を母に握らせたという。娘が餅屋を始めてからは、有無を言わさず母を餅屋に引っ張っていき、胃腸を患っていた母がご飯以外に唯一口にしたよもぎ餅を思う存分食べさせ、それどころか娘に内緒で抱えきれないほど包んで持たせた。彼女が亡くなったあとは、餅屋の姉さんが実の娘のように私の母の面倒を見た。餅やジョン（薄切りした肉、魚介類、野菜に小麦粉と溶き卵をつけて焼いたもの）はもちろんのこと、キムチやら、ありとあらゆる惣菜をしょっちゅう持ってきてくれた。母にとっては実の娘も同然だった。物静かに話す姉さんは、立ち振る舞いも物静か、慎ましやかで上品なことこのうえなかった。

「あんたは知らないだろうけど、あそこは一万ウォンでもおかずの品数が多いのよ。食べきれないくらい。招待客っていってもどうせお年寄りばかりなんだから、そんな高いもの頼まなくていいんじゃない？　それにあんたはまだ学生だし……」

　どうしたらよいものか相談を持ちかけた私に、姉さんは物静かに言った。それからこうつけ加えた。

「お餅はあたしが用意するね。うちは餅屋だから」

　姉さんが用意したのは餅だけではなかった。全羅道《チョルラド》の宴には欠かせないホンオムチム（エイを辛い調味料で和えたもの）に、各種ジョンと手作りの羊羹《ようかん》はもちろん、食堂の料理を信用していないのかキムチまで漬けて持ってきた。おかげで豪勢な宴になった。母は生まれて初めて娘に買ってもらった韓服に身を包み、外套《トゥルマギ》まで羽織って、ずっと涙をぬぐっていた。父はいつものように無表情だったが、あちこちのテーブルをまわりながらめずらしく勧められるままに酒を飲んでいるのを見ると、ずいぶん満足している様子だった。それなりに申し分のない宴だった。

　ところが食事も終わる頃、従姉が私を呼んだ。

「それで、バンドはいつ来るの？」

　宴にバンドを呼ぶなんて初耳だった。バンドのいるところに行ったこともなかった。

「呼ばなかったけど」

「あれま。バンドのない宴なんて、あんこの入っていない餅じゃないの」

「母も父も騒がしいのは好きじゃないから、考えてもみなかった」

「他はみんなよかったけど、一つ抜かりがあったね。あたしたちに相談してくれたらよかったのに」

　バンドが来なくても宴たけなわになるや、従姉たちは箸でテーブルを叩きながら歌を歌いはじめた。予約終了時間が過ぎても、腰を上げる気配もなかった。私は慌てて地下にあるカラオケボックスを予約した。両親は人前で歌を歌うなんて恥さらしだと言って、店にも入らず一目散に逃げた。私だけ有無を言わさず連れていかれ、大変な目に遭った。

そのとき初めて知った。コ一族の血が一滴でも混ざっている人たちは、おじおばを問わず、酒を飲み歌い踊ることに長《た》けていることを。じっと座っているのは私だけだった。なかには玄人顔負けの歌唱力を披露する人もいた。一番広い部屋を借りたにもかかわらず、二十人余りが舞台に上がって踊るものだから、足の踏み場もなかった。私はずっと壁にぴったりくっついていたが、彼らが酒と興に酔いしれた頃を見計らってこっそり逃げ出した。誰にも気づかれなかったのは天が味方をしてくれたからだろう。

「アイゴー、アイゴー！」

伯父の長女が慟哭《どうこく》しながら中に入ってきたかと思うと、接客室の床にぺたりとへたり込んだ。彼女は体じゅうで泣いているところだった。

「あの戦乱でも生き残った叔父さんが、こんなに虚しく逝ってしまうなんて！」

どっと押しかけてきた従姉たちが四方八方から私を抱き寄せ、大声で泣き叫んだ。私は彼女たちに抱かれたまま目だけをぎょろつかせて辺りを見まわしたが、父の弟の姿は見当たらなかった。これ幸いと思うべきか、残念だと思うべきか……自分でもよくわからなかった。

従姉たちの涙は止まる気配もなかった。弟の人生を台無しにした人間の死がそんなにも悲しいとは。不可解だった。彼女たちが父に面と向かって不平不満をぶちまけたことは、私が知っているかぎり一度もない。ただ、彼女たちと父のあいだには微妙な壁があった。父は口を開くと正しいことしか言わない、頭がよくて立派な人。またその立派さゆえにアカになって一族を滅ぼした人でもあった。つまり、父は家門の誉れであると同時に、コ家を没落させた元凶なのである。

父が社会主義に足を踏み入れたばかりの頃、小学一年生だった一番上の従姉は、銃を肩にかけた軍人たちが教室にいきなり乗り込んできて、コ・サンウクを見た者は手を挙げろと脅したときのことを、恐怖で震えたその瞬間を、いまでもはっきりと記憶しているという。そのとき、父は従姉の心にすごい人として刻みつけられた。数十人の軍人を動員しても捕まえられないのだから。言ってみれば、自分をおんぶしてくれた近所の人が実は歴史上の人物だった、というような。もちろん、敗北の歴史だけれども。

ともあれ、そんな理由でなくとも父は親戚の中で浮いていた。農作業のない長い長い冬の夜、一緒に花札でもやらないかと誘われると、行かなきゃいいのにわざわざ行って、賭け事で月日を無駄にするんじゃない、そんな暇があったら『新農民』でも読め、そこに農業の未来がある、などと水を差し、また、犬か豚でも絞めて一緒に食べないかとお呼びがかかったら、食ってばかりいないで少しは子どもたちの勉強でも見てやったらどうだとよけいな口を挟むのだった。どこかの家の祝い事に呼ばれても、父はコップ一杯の焼酎だけ飲んでさっさと帰ってきた。だから親戚は言うまでもなく、村の人たちも、助けが必要なときに父を呼ぶことはあっても、気安くわが家に出入りするのを憚《はばか》った。そんな父の死をこんなにも悼み悲しむとは……。

　しかも父は御年八十二。もっと長生きするにこしたことはないが、死んだからといって悲嘆にくれるほどの歳でもなかった。悲嘆にくれる？　悲嘆にくれたのは、むしろ認知症が発覚したときだった。合理主義者だった父が認知症になり変わりゆく姿を見ながら、母は高血圧に糖尿病に脂質異常症と、ありとあらゆる病を得た。他人の前で不始末を起こしてはいけないと、母は父が外出するのを力ずくで阻んだ。もちろん、父の頑固さには勝てなかったけれど。

　父が認知症だったのを知っているのは、母と私、あとパク先生だけだ。いつだったか、市に行った帰りにわが家に寄った一番上の従姉が、父を見るなり舌打ちした。

「叔父さんも老いぼれて、ずいぶん薄汚くなったわねえ」

　その一言も聞き捨てならなかった母は、一晩じゅう気を揉んだ。認知症がさらに進んで、それなりに高潔に生きてきた父の人生に泥を塗るのではないかと憂慮した母は、躍起になって父を取り締まった。母と私が父の死に胸を撫で下ろしたのもそのためだった。父はいい頃合いで亡くなった。誰にも認知症だと気づかれないうちに。他人の前で見っともない姿を晒さないうちに。電信柱に頭をぶつけさせたのは、死にゆく脳細胞のどこかに強靭に生きていた父の最後の理性だったのではないか。そう信じる方が私の知っている父らしかった。

　さめざめと泣いていた従姉がぴたりと泣きやんだかと思うと、こう言った。

「ねえ、アリ。喪服はどうするの？　お金も要るだろうから、あたしたちがとやかく言うことじゃないけど、あんた一人に喪主を任せるわけにはいかないのよ。他人の目もあるしね」

　ドンシクさんがいてくれてよかった。私はこれ幸いとばかりに、生まれて初めて抱かれた従姉たちの胸から逃れ、喪服を四着差し出した。ソウルで暮らしている二人の従姉は午後に到着する予定だった。

「よかった。そうよ、これっぽっちのお金、出し惜しまなくていいのよ。れっきとしたあたしたち従姉がいるんだから。生涯、苦労ばかりしたあんたの父さんには、最後ぐらい大船に乗ってもらわなきゃ。きっと喜んでくれるよ」

　まさか。父は唯物論者らしく死後を信じていなかった。いつだったか母が墓地の話をしたことがあった。智異山《チリサン》の見える陽当たりのよい場所に埋葬してほしいと母が言ったとき、父がまた新聞をバサッと閉じた。思えば私の記憶の中で父は、十中八九新聞かテレビのニュース、ラジオのニュースを読んでいるか見ているか、聞いているかだった。ともかく、父は例のどこを見ているのかわからない目で母を睨みつけた。

「やはりきみは唯物論者じゃないな。死んだらおしまいだろうが。墓のことなんか、どうだっていい」

長い休みのときだったので、家にいた私はここぞとばかりに話に割り込んだ。

「お父さんは本当にお墓、要らないの？」

「当たり前だ！　こんなちっぽけな国で死んだ人間をみんな埋めてみろ。土地が足りなくなる。俺たちが死んだら焼いてくれ」

母は口角をぴくぴくさせてなにか言いたそうだったが、唯物論者じゃないと言われてしゅんとなり口をつぐんだ。

「焼いたあとは、おまえの好きなように撒いてくれ。魚の餌になろうが、畑の肥やしになろうが。どうせならなにかの役に立ちたいな」

唯物論者らしい答えに私は満足した。

「じゃあ祭祀《チエサ》（先祖の霊を供養する法事）は？」

「祭祀だって？　きょうだいでも多くて、それを口実に会おうってのならわかるが、おまえ一人で祭祀なんかやってどうする」

父は骨の髄まで唯物論者だった。両親が八十を過ぎるまで墓地のことはおろか、遺影写真を撮ることすら考えていなかった親不孝者の私だが、父の遺志がそうなら従おうと思った。やはり唯物論は爽やかでいい。

誰かがそっと私の肩を叩いた。餅屋の姉さんだった。彼女の作る餅はおいしいと評判になり、おかげでずいぶん稼ぎがあった。その代わりに関節炎と椎間板ヘルニアを患った。体調を崩して餅屋はとっくにやめたが、私はいまでも餅屋の姉さんと呼んでいる。

「え？　どこから入ってきたの？　さっきから入口ばかり見てたのに」

彼女は厨房に続く勝手口を指さした。

「あたし、ここの厨房で働いてるの。ここに来てくれてよかった。お父さんの最後、この手でお膳立てできるわね」

従姉たちが着替えに入った喪主の休憩室から、ふたたび号泣する声が聞こえてきた。

「従姉《ねえ》さんたち、来たのね」

　歳を取ると、見なくてもわかるのだろうか。もっとも訃報を知らせたばかりなので、この時間にやってくるのは近隣の人ぐらいだろうし、また従姉たちでなければ母があんなに激しく泣くはずもなかった。餅屋の姉さんが私の耳元で静かに囁いた。

「従姉さんたちに喪主のこと、お願いしてみた？　あんた一人でもうまくやるだろうけど、従姉さんたちの気持ちもあるから、それとなく訊いてみたらどう？　きっと喜ぶよ」

　ドンシクさんと同じ意見だった。娘が喪主を務めるのが世のしきたりに反するからなのか、それとも娘であれ息子であれ一人しかいないのが見苦しいからなのかわからないが、私にも一人で大丈夫だと言い張る理由はなかった。父は常日頃、なんでも自分の力でやり遂げろと言う人だった。だが自分の葬式で、私が従姉たちに力を借りることをとやかく言ったりはしないだろう。そもそも父の言うとおり、死んだらおしまいなのだから。ここでのことはすべて、私の選択であり責任だった。

「いまみんな喪服に着替えてる」

「そう、よかった。従姉さんたちは出しゃばりだから。あとでいろいろ言われたら、あんたも傷つくでしょ」

　餅屋の姉さんの胸中は、私が察していたのとはまるで違っていた。小卒の姉さんに劣るほど相手の気持ちを汲み取れないのは、私にそんな余裕がなかったからだけではない。正確で間違いがなく、しっかり者だというのが私に対する世間の評価だった。それでも、とんでもないミスをすることも多々あった。私は父に似ていた。だからこんなにも苦しめられてきたくせに、パルチザンの娘であることを頭から否定することはできないのだ。

喪服に着替えた従姉さんたちがぞろぞろ出てきた。従姉三人とその夫が三人、従兄夫妻で、二つのテーブルがいっぱいになった。餅屋の姉さんがそっと私の服を引っ張り、いつもとは違って敬語を使った。

「ちょっといいですか？　ご相談したいことがあるんですけど」

従姉たちは誰だというふうに一斉に餅屋の姉さんを見た。姉さんは立ち上がってあいさつをした。

「ここの厨房を担当している者です」

「よろしくお願いしますね」

厨房の担当と聞いて、従姉たちの関心は急に失せた。私は姉さんのあとについて厨房に入った。

「ご飯と汁物とジョンはここの厨房で作るんだけど、注文しないといけないものがあるの。

まずはお餅ね。それから果物とスユク（豚肉や牛肉を茹でた料理）も頼んだ方がいいわね。ここまでは定番で、あとは、トトリムク（ドングリのデンプンを固めたもの）は別になくてもいいんだけど、おいしいから頼んでみたら？　お金はちょっとかかるけどね、ソウルの人たちは好きなんだって。ソウルからも弔問客が大勢来るんでしょ？　あたしに任せてくれるんだったら、こっちで注文しておくから。あんたは安心してお父さんをお見送りして」

　私に許可を得るまでもない。私はその方面にはずぶの素人で、姉さんはベテランだった。餅屋をやる前は、喪家や祝い事のある家に行って食事を作っていた。そんな姉さんに任せられるなら言うことなしだ。父の黄泉路《よみじ》は運に恵まれていた。

　数分も経たないうちに、餅屋の姉さんが勝手口の方で私に目配せをした。

「お母さん、なにも食べてないんじゃない？　胃にもたれない胡麻粥を作ったんだけど。従姉さんたちもお歳だし、ちょっと多めに作ったから持っていってあげて」

　姉さんが胡麻粥と、惣菜をいくつかのせた盆を差し出した。

「お母さんに会っていかない？」

「あとで。あとで落ち着いたらね」

　再度勧める間もなく、姉さんは厨房に戻っていった。見知らぬ人の葬儀でも決して手を抜く人ではなかったが、とりわけ今日は忙《せわ》しなく動きながら気を遣ってくれるだろう。父の場合、他の亡者とは違って、自分を大切に思ってくれる人が自らの手で膳立てしてくれるのだ。そこまで考えたとき、死んだらおしまいだという父の唯物論が間違っていたらいいのにと思った。父はふだんから餅屋の姉さんの作る料理を好んで食べた。

最後の旅路で、生きているときに大好物だったものをおいしそうに食べる父の姿が幻影のように浮かんだが、私はすぐにかぶりを振った。私が知っている父は、一瞬たりとも唯物論者でなかったことはなかった。埃から始まった生命は、土を肥やす一握りの堆肥に還るもの。これこそ唯物論者である父の廉直な哲学だった。寂しい哲学だった。人はその寂しさに耐えられなくて、霊魂の存在を、死後の世界を創造したのではないだろうか。

さっきまで慟哭していた従姉たちは、いつの間にか談笑に花を咲かせていた。慟哭と快活な談笑のあいだの何処かをさまよいながら、私は胡麻粥をのせた盆を手に持ったまま、ぼんやりとその様子を眺めていた。すべてが夢現《ゆめうつつ》のごとく不可解だった。

★

ファン社長がミックスコーヒーを差し出した。一睡もしていなかったので、濃いブラックコーヒーが飲みたくてたまらなかったが、田舎の葬儀場にそんなものが備えられているはずがない。久しぶりに飲むミックスコーヒーは、身の毛がよだつほど甘ったるかった。

「アリ、どうする？　埋葬にするのか、それとも火葬か」

　母と相談したり悩んだりするまでもなく、火葬を選んだ。焼いてどこでもいいから撒いてくれというのが、父の遺志ではなかったか。仮に埋葬を望んでも、私の両親は自分たちを葬る場所を用意していなかった。私にもそんな余力はなかった。家を担保にして金を借りたら、共同墓地の一画ぐらいは買えるかもしれないが、時すでに遅しだ。父はそんな時間も与えずに逝ってしまった。根っからの勤勉な性分だった父は、逝くのも慌ただしかった。

「まずは死亡診断書が必要だな……。親父さんの亡くなった病院に行って、死亡診断書を十通ほどもらってきてくれるか。喪主が一人だから、どうしたものか。こういうときにきょうだいが多いといいんだが……」

「いつまでですか」

「早いほどいいな。それがなけりゃ火葬場の予約もできないんだ。求礼《クレ》には火葬場がないし。近くの南原《ナムウォン》か順天《スンチョン》に行っても、どこもいっぱいで予約が取れるかどうか」

　いまのところ弔問客は近所の老人ばかりだが、午後になればソウルからも大勢やってくるだろう。もっと忙しくなる前に私が行ってくるしかなさそうだった。私たちの話を盗み聞きしていたのか、ドンシクさんが事務所のドアからひょいと顔をのぞかせた。

「まったく、おまえってやつは。俺の妹を気安く呼び出すな。客を迎えないといけない喪主なんだぞ」

「おまえだけの妹か？　俺の妹でもあるんだぞ。死亡診断書が要るから呼んだんだ」

「そんなつまらんことで忙しい妹の手を煩わせるな。俺を誰だと思っている」

兄だと思ったこともない兄たちが、私のことであれこれ言い争った。ドンシクさんがジャンパーの内ポケットから分厚い封筒を取り出した。

「俺はこの村の作男、パク・ドンシクである！」

　父がなぜドンシクさんが好きだったのかわかるような気がした。父も村の作男だった。しかも自分から買って出た作男。父は誰かに言われなくても村のことに力を貸し、村の人たちもそのことを知っていただけに、なにかにつけて父に助けを求めた。母は、父が家族を後まわしにして他人のことにばかり労力を割くのを不満に思っていたが、私はむしろ、これだけ長く生きても呆れるほど人を信用する純情さ——率直に言うと、愚かさ——が気に入らなかった。

たしか田植えの時期だった。村人同士で日雇い労働をするのだが、最後にわが家の棚田に苗を植える順番がまわってきた日のことだ。午前一時頃、電話のベルが執拗に鳴り続けた。他の家の田植えをして疲れて帰ってきた父は、宵のうちから深い眠りについていたのだが、電話の音にがばっと起き上がり、はっきりした声で出た。同じ村に住むハンだった。光州高校に勤めている彼の家の婿が前の晩、会食後に飲酒運転をして帰ってくる途中、鴨緑《アムノク》でトラックにひかれて即死したという知らせだった。娘は中卒だが器量よしで教師の男と結婚したと、散々自慢していたその婿だ。

「早くタクシーを呼んでくれ」

父は急遽《きゆうきょ》、服を着て出かける支度をした。

「あんたがいないと、うちの田植えはどうなるの」

「人が一人死んだってのに、よくそんなことが言えるな！」

私たち家族の一年分の食糧がかかっている。そんなことが言えるのは当然だ。四千坪の田んぼから収穫されるものの一部が、私の学費にも充てられた。

「みんなが来たら、きみが指示してくれ。俺はちょっと出かけてくる」

「田んぼの主が見張っていても、他人の仕事なんてみんな適当なんだから。わたしは差し入れも作らないといけないし、誰があの人たちの見張りをするの⁉　ハンさんの婿は天涯孤独の身でもあるまいし。親きょうだいに任せておけばいいじゃない。なんで他人のあんたが首をつっこむのさ」

　社会主義者のくせに他人の仕事を適当にやるのが人間の本性だと信じている母が、父の行く手を阻んだ。

「俺のところにまで助けを求めてきたんだ。こんな夜中に！　よほどの事情があったんだろ」

　またいつもの「よほど」が始まった。よほどの事情があるんだろ、は父の十八番《おはこ》だった。私は父と違って、よほどの事情があって連絡をしてくる人の気持ちを信用しなかった。人は困難なとき、最も信頼する人、あるいは最も都合のいい相手に助けを求める。どちらにせよ、結果は同じだ。困難なときに助けてもらった気持ちを一生持ち続ける人は、十人に一人もいない。たいていの場合、助けた人よりも助けてもらった人の方が、先にその恩を忘れてしまう。別に見返りを求めていなくても、忘れられたのが悔しくて、助けた人は心に傷を負う。ほとんどの人がそうだろう。ところが、社会主義者である父は傷つかなかった。彼らにそうさせたのは社会の構造に矛盾があるからであり、だからこそ革命が必要だと信じているのだった。

正しいと思ったら決して譲らない父が母を押しのけて、暗闇の中へ足を踏み出した。その日、父はトラックにひかれて散らばったハンの婿の体を、救急隊員ですら尻込みしたおぞましい死体を、その昔、首の切れた同志や、銃に撃たれて内臓やら脳みそが飛び散った同志の死体をかき集めたパルチザンの特技を生かして、自らの手で片づけ、その後、病院やら葬儀場やらの世話をするためにあちこちを飛びまわって、夜も更けた頃にようやく帰ってきた。そのとき母はまだ、田んぼから戻ってきていなかった。

母の予想どおり、村の人たちは真四角ではない曲がった棚田の四隅には苗を植えず、適当に仕事を終わらせた。母は一人星を見ながら、四千坪の隅々に苗を植えた。父が疲れて眠りこけた頃、ようやく這うようにして帰ってきた母は、擦りむいた膝に赤チンを塗りながら、声を殺して泣いた。誰に似たのか冷酷な私は、声を殺して泣いている母を見ながら思った。仮にもし母が北に行っていたら、自分の農作業にだけ心血を注いだという理由でとっくに粛清されているだろうと。それがあなたたちの信じる社会主義の実体なのだと。

よほどの事情があって午前一時に電話をかけてきたハンは、数日後、一キロ余りの豚肉を提げてわが家にやってきて、何度も礼を言いながら涙ぐんだ。だが、父が立て替えたタクシー代は返さなかった。

「お父さんの言う民衆って、まあその程度よね」

私が厭味を言うと、父はまるで私が赤の他人のように、いや、赤の他人の家に転がり込んだ厄介者のように、例の斜視の目で睨みつけた。そして言った。

「よほどの事情があったんだ！　それすらも出せないハンの気持ちを考えてみろ！」

よほどの事情？　馬鹿ばかしい。ハンは間もなくして、一人残された娘のために家を売り払った。その家でハンが十年間、一緒に暮らすのが条件だった。娘にやる金はあっても、父に返すタクシー代はその後も永遠になかった。父はそんなことなど気にもせず、求礼《クレ》と光州を何度も往復して、死亡保険金の手続きを代わりに処理してやった。

父と同じく村の作男だという、それを誇りに思っているドンシクさんが、父の死亡診断書二通をファン社長に渡し、残りを私にくれた。死亡診断書を必要とするところが多いのだろうか。アカだった父は刑を終えて出所してからも、常に特別な扱いを受けた。引っ越しするときはあらかじめ管轄の警察署に申告し、何日か家を空けるときはどういう理由でどこに行き誰と会うのか、あれこれ詳しく知らせなければならなかった。年老いて二十キロの栗の入った袋さえ持ち上げられなくなった頃にも、父には担当の刑事がついていた。その頃には監視する方も監視される方もすっかり打ち解けて、兄弟分の杯を交わす仲になっていたけれど。ともあれ、父は死んでようやく、ふつうの韓国の国民らしい手続きを踏めるようになった。

「おお、そうだ。アリ、早く行ってくれ。パンネ谷の親戚のみなさんが勢ぞろいしたようだ。そのことを伝えにきたのに、よけいなことをしゃべっちまった」

彼らはすでに弔問を終え、従姉たちの隣のテーブルに腰を下ろそうとしているところだった。叔父の姿は見当たらなかった。私は叔父が来るのを待っているのだろうか。ふとそんなことを考えた。人のせいにする人は負け犬だと理由をつけて叔父を無視してきたけれど、私はやはり父の娘なのかもしれない。イデオロギーの激流にもまれた兄と弟が、兄の死をきっかけに平凡な兄弟として和解してくれたらいいのにと、期待しているようだった。

八十を過ぎた年寄りの中に、見知らぬ若い女性の姿が目についた。若いといっても白髪がちらほらしているので、五十歳ぐらいだろうか。年寄りたちにあいさつを済ませたとき、その若い女性がそっと私のスカート《チマ》の裾をつかんだ。見覚えのない顔だった。

「あたしよ、あたし。ヨンジャ。あたしは一目でわかったのに。姉さんは全然変わらないね」

ヨンジャといえば私より二歳年下の、チャン家の長女だった。最後に会ったのはいつだったか、記憶もおぼろげだった。ヨンジャは中学を卒業したあと、釜山《プサン》の靴工場に就職した。正月や秋夕《チュソク》（旧暦八月十五日）に、きょうだいへの土産を抱えきれないほど積んだタクシーを降りていた姿を、ぼんやりと思い出した。いつだったかヨンジャのハイヒールが泥濘《ぬかるみ》にはまって、両手いっぱいに土産を抱えて困っているのを見たのが最後だったような気もする。ハイヒールなんて履いたこともなかった私は、泥濘にはまったヨンジャのハイヒールがなんだか彼女の未来のように思われて、内心ひやっとした。

「釜山に住んでるって聞いたけど、どうしてここに？」

「この子はやっぱり親父さんと縁があるんだな。ちょうどゆうべ帰ってきてね。だからこうして最後のあいさつに来れた。でなけりゃ、釜山からわざわざ来られんからな」

ヨンジャの父親が口を挟んだ。

ヨンジャと私の父との縁は、同じ村の住民だというだけにはとどまらなかった。いつだったかヨンジャの父親がわが家にやってきて、深いため息をついた。

「おい。話さなきゃわからんだろ。ここまで来て黙っているつもりか？　ため息ばかりついて」

「今回もふられたよ」

「藪から棒にそう言われても、なんのことやらさっぱりだ」

「ヨンジャのことだよ。やっぱり結婚はあきらめるべきだろうか」

「器量のいい子じゃないか」

「あの子、母親に似てにおいがひどいんだ」

同じ村でともに幼年期を送ったが、私は全然知らなかった。ヨンジャの下にきょうだいが七人いた。幼い頃からヨンジャは自分とさほど歳の変わらないきょうだいを背中にくくりつけて、いつも糞のついたおしめを洗っていた。村の子どもたちと遊ぶ暇もなかった。だから他人の家に行かないのかと思っていたが、そんな事情があったとは。

「そりゃひどいんだ。寄宿舎でも一人で寝るしかない。誰かと一緒の部屋で寝たら、一日で鼻をつまんで逃げられてしまう。工場をやめて帰ってきてからも、飯も食わずに泣いてばかりだ。俺は気が休まる日もないよ。一生一人で暮らせとも言えんしなあ。どうすりゃいいんだ」

「もっと早く相談してくれりゃよかったのに。一人で悩んでたのか」

「なにか方法があるのか」

チャンが父のそばににじり寄った。

「少しは新聞を見て暮らせって、いつも言ってるだろ！　いまの時代に、ワキガが臭いから結婚できないなんて馬鹿なことがあるか。手術すりゃ一発で治るのに！」

チャンが目を見張った。ワキガを手術で治すというのは、私も初耳だった。父はあたかも救世主にでもなったかのように、胸を張って受話器を取った。

「おお、ちょうど家にいたな。明日、村の娘を一人連れていくよ。ワキガの手術を受けたいんだが、ちょっと力を貸してくれんか」

村の人が病気になると、父はすぐさま全南《チョンナム》大学病院の内科医に電話を入れた。どういう知り合いなのか知らないが、その医者は父のような人間を友人に持ったばかりに、内科系疾患は言うまでもなく、外科も皮膚科も、産婦人科に至るまで、求礼《クレ》の住民たちの世話を焼くはめになった。それでも縁を切らなかったのは、おそらくその医者も過去の一時期、赤い水に手を染めたことがあるにちがいない。

父は翌日、泣き腫らした目をしたヨンジャを連れて光州に行った。手術を終えて帰ってきてから数日経った頃、チャンが夜更けにマッコリを持ってまたわが家にやってきた。

「困ったもんだ」

「手術はうまくいっただろ」

「においはもうしない」

「ならなんだ」

「嫁入り前の娘が脇にメスを入れられたんだから、そりゃショックなんだろ。一日じゅう泣いてるよ」

「体にメスを入れたら、傷跡が残るのは当たり前だろ」

溺れている人を助けてやったのに、荷物を返せと責められているようなものだった。「よほど主義」の父もさすがに言葉を失い、黙ってタバコをすぱすぱ吸った。それでもワキガよりは傷跡の方がマシだったのか、間もなくしてヨンジャはいい人と出会って結婚した。ヨンジャの消息を聞いたのはそれが最後だったと思う。白髪は多いけれど苦労ばかりの人生ではなかったのか、幼い頃もきれいだった顔が艶々していた。

「二人の息子と二人の娘に恵まれて、幸せに暮らしているよ。それもこれも親父さんのおかげだ。あのとき、親父さんの言うとおりにして幸いだった。さもなきゃ嫁にも行きそびれただろう」

嫁入り前の娘の脇にメスを入れたと恨みごとを言っていたチャンが、そんなことなどすっかり忘れてしまったかのように父を称賛した。口数が少なくおとなしかったヨンジャは、歳を取っても相変わらずはにかむように微笑《ほほえ》んだ。

「傷跡が残ったって、何日も泣いたんだって？」

私が意地悪く尋ねると、ヨンジャは頬を赤らめた。ヨンジャの代わりにチャンがまた即座に受け答えた。

「傷跡ぐらいなんだ。危うく嫁に行きそびれるところだったんだぞ」

「月日が経つにつれて傷跡も薄れてね。いまじゃ別に気にもならないの。おじさんが恩人よ。もっと早く牛肉でも持ってお礼するべきだったのに……。いつの間にか時間が過ぎちゃって……申し訳なく思ってる」

女工として生き、四人の子どもを育て、さぞかし苦労も多かったはず。幼い妹や弟をおぶっておむつを洗っていた幼い頃のように、あくせく生きてきたであろうヨンジャのこれまでの時間が、ありありと浮かび上がってきた。そこには私の父の手を握ってやきもきしながら手術を待っていた時間も存在するはずだ。だから、父は逝ってしまったけれど、ある瞬間の父は誰かの時間の中に刻まれ、そのことを思い起こすたびに鮮明によみがえるのである。私の時間の中に存在する、数え切れないほどの瞬間の父が急に恋しくなった。

★

　午後になり、見知らぬ弔問客たちが押しかけてきた。私の知人たちはまだ到着していなかった。主に父の知り合いだった。従姉たちが交替で喪主の役目をしてくれたが、だからといって私は席を外せなかった。ある人と父との思い出を語り、悲しみに浸るのも束の間、また別の人を迎えなければならなかった。涙が溜まる暇もなかった。私の人生で最も慌ただしい三日間（韓国では三日葬が一般的）になりそうだった。

　ドンシクさんはテーブルのあいだを縫うように駆けまわりながら、私の代わりに喪主の役目をしてくれた。ファン社長は時折、顔をひょいと出して様子をうかがっては、これなら葬儀代の心配はいらないというふうに満足げな笑みを浮かべた。

　一番上の従姉が誰かを弔問室に連れてきた。見覚えのある人だった。従姉の長女、キョンヒのようだった。いとこ違いで、私より五、六歳上だが、彼女にとって私は従叔母にあたる。長い休みに入るといつも伯父の家に遊びにきたので、幼い頃は親しくしていた。いくら私が従叔母だとはいえ、子どもにとって五、六歳は天と地ほどの差があった。キョンヒがきれいなソウルの言葉を使うのがめずらしくて、私はお姉ちゃん、お姉ちゃんと懐いていたのをよく覚えている。祖母や従姉は、キョンヒが私を年下扱いするたびに、容赦なく背中を叩いた。

「こんなチビがおばちゃん《イモ》だなんて！」

　キョンヒは大人たちに叱られてもひるまず、ただの一度も私をおばちゃんと呼ばなかった。私も大人びたキョンヒにおばちゃんとは呼ばれたくなかった。ただ、私よりははるかに大人なんだから、みんなのいる前では名前を呼ばなきゃいいのに、叱られてばかりのキョンヒが少しもどかしかった。

「お姉ちゃん、久しぶり」

「まあ、この子ったら、いまでもお姉ちゃんかい？　姪っ子なんだから、名前を呼ばなきゃ」

「そうよ、おばちゃん。そうして」

　あんなに嫌がっていたキョンヒが、長い月日を経てためらいもなくおばちゃんと呼んだ。キョンヒは顔立ちも仕草も従姉と瓜二つだった。最近ではめずらしく子どもを五人も産んだらしい、ほんとに気さくな子だ、と父が褒めていたのを思い出した。キョンヒはいとこたちのあいだに割り込んで、窮屈そうに座った。伯父宅のいとこたちはとりわけ仲がよかった。

それぞれ各地に散らばっているときも、契《ケ》（頼母子講のようなもの）によって一年に四回は顔を合わせ、宴会でもするかのように盛大に遊んだ。

「孫の世話で忙しいんじゃなかったの？」

二番目の従姉が訊くと、キョンヒはトトリムクに箸を伸ばしながら答えた。少々高くてもトトリムクが一番おいしいと言っていた、餅屋の姉さんの言うとおりだった。

「他でもないおじいちゃんの最後は、お見送りしなきゃ。おじいちゃんのおかげで……」

「おじいちゃんのおかげ？　長い休みのときぐらいにしか会ってないのに、いやに親しげだね」

「この子が無事に生きてるのは叔父さんのおかげよ」

忘れていたはずの記憶がよみがえった。私が中学生のときだった。キョンヒは高校を出たあと、どこかの会社の経理をしていた。真夏の昼下がり、伯父の家で死者を哀哭するような声が聞こえてきた。ほどなくして一番上の従姉が、キョンヒの髪の毛を引っつかんでずるずる引っ張ってきた。キョンヒはなおもあらんかぎりの声で泣きじゃくっているところだった。

「叔父さん、なんとかしてくださいよ。このバカ娘がエホバの証人かなんだかにのめり込んで、わが家は崩壊寸前なんだから。スクチャが教会にうつつを抜かして、明日死ぬやもしれぬ男と結婚したってのに。あたしは教会って聞いただけで、怒りで歯が震えるし、虫唾《むしず》が走るよ」

　伯父の娘であるスクチャ従姉さんは姉妹の中では一番の美人だった。長女とずいぶん歳の離れた末娘だったので、姉たちの援助で高校まで終えた。姉たちは末っ子だけでもいいところに嫁がせたいと願っていた。町の中学に通う頃から教会に出入りしていたスクチャ従姉さんは、牧師の紹介で見合いをして結婚した。両親ともに教会の執事をしている、信実なクリスチャン一家だ。牧師が知っていて紹介したのかはわからないが、相手の男は末期がんの患者だった。

　半年も経たずに世を去った夫が残したものは、忘れ形見の娘一人。息子を産んで家を継いでほしいと思っていた嫁ぎ先では、娘が生まれるなり従姉さんを赤ん坊と一緒に追い出した。神を信じる者がなんたる人面獣心だと怒り狂った父が、スクチャ従姉さんを連れて光州の家に押しかけた。結果は、父の惨敗だった。説き伏せるどころかたっぷり恥をかかされて帰ってきた父が、舌打ちをしながらあいつらは人間じゃないと言ったことを、私はいまでも覚えている。

「そりゃ弁の立つやつらで、舌に神が降りてきたのかと思ったよ。口達者になりたいならイエス・キリストを信じたらいいな」

　村では雄弁で知れ渡った父だが、実は口喧嘩もつかみ合いの喧嘩もさっぱりだった。誰かが先に罵声でも浴びせてきたら、すでに父の惨敗は決まっていた。罵りにどう対応すればよいのか、父は知らなかった。

「おい、落ち着け。落ち着かないことには、いいとも悪いとも言えないだろうが！」

　落ち着いている人は喧嘩をしない。いいとか悪いとか言える人も喧嘩をしない。頭のいい父がそれを知らなかった。だから父は、怒り心頭に発して戦おうとする人に絶対に勝てなかった。そんな父が銃を持って白雲山《ペクウンサン》や智異山《チリサン》を駆けまわった歴戦の勇士だったとは、にわかに信じがたかった。銃を担いで山を駆けずりまわっていただけじゃないの？　足は速いんだから。その頃の私はそう思っていた。

　相手にこてんぱんにやられて帰ってきた父は、

「人生をぶち壊されたんだから、スクチャも人間ならもう二度と教会には行かんだろ」

　純粋な父はそう固く信じていた。私の目には、スクチャ従姉さんも父も同じ部類の人間だ。山で死ぬほど苦労した父がふたたび組織を作ろうとして逮捕されたとき、親戚一同、父がスクチャ従姉さんを見るような目で見たにちがいない。

父が長い監房生活をしたあとも信念を捨てなかったように、スクチャ従姉さんもキリスト教に対する信念を捨てなかった。自分に襲いかかった苦難を神からの試練として受け入れ、さらに深く宗教にはまっていった。その後、コ一族は教会と聞いただけでかぶりを振った。なのにエホバの証人だなんて。キョンヒ姉さん、これからどうするの。私は内心そんなことを思いながら静かに腰を上げた。これからひと悶着あるだろう。私は喧嘩の見物なんてごめんだ。部屋を出ていこうとしたそのとき、父が低音ボイスで言った。

「放っておけ」

意外な返事に、キョンヒが先に泣きやんだ。一番上の従姉は狐につままれたような顔で訊き返した。

「いまなんて？」

「好きなようにさせてやれ」

「叔父さん！　スクチャがどうなったか知ってて、よくもまあそんなことを。エホバの証人だかなんだか知らないけど、教会よりもひどいんだって」

私も訊きたかった。宗教は人民の阿片なんでしょ？　やがて理由がわかった。父はエホバの証人と刑務所で何度も会っている。彼らは利己的な社会主義者の同僚なんかよりよっぽどマシだと、口を極めて褒めていたではないか。

「戦争には反対する、信徒の献金もない。悪いことはしない。兵役に就く代わりに自ら進んで刑務所に入るやつらだ。そりゃ感心させられるよ。牧師もいないらしい。それなら金を盗られることも、人生をぶち壊されることもあるまい」

　金を盗られることも人生をぶち壊されることもないと聞いて、従姉の気勢が少し削《そ》がれた。本当かと訊き返しもしなかった。コ一族は、父が金《きん》だと言えば金だと思ったし、石だと言えば石だと思った。アカになれとさえ言われなければ、父の言うとおりにした。彼らは暇さえあればため息をついた。

「あんな一本筋の通った頭のいい人が、なんでまたアカになったんだろ」

　そう言ってから、必ず一言つけくわえた。

「あの時分は、頭のいいやつはみんなアカだったよ」

「頭のいいやつだけか？　どいつもこいつもアカだったじゃないか」

　本で学んだことのない解放（一九四五年八月十五日）直後の世相を、私は周りの人から聞いて知った。誰もが一目置く父が自分の味方になってくれたので、キョンヒはもつれた髪を直しながら強腰の態度で母親に食ってかかった。

「お母さんはなんにも知らないくせに！　さすがおじいちゃんはインテリよ。こんなど田舎にいても、うちの証人についてなんでも知ってるんだから」

　小卒がにわかにインテリになったのだから、ありがたく思っておとなしくしていればいいのに、父が例によって正しいことを言った。

「だがキョンヒ。人の気持ちはころころ変わるもんだ。だからじっくり考えてみろ。世の中の科学者はみんな進化論を主張しているが、彼らはただの変わり者か？　おまえも教会が言うことばかり鵜呑みにせんと、本を読んで勉強もして、神様じゃなくてその頭でよーく考えてみろ。そのために人間には頭がついているんだ」

　自分の信じる宗教を認めてくれた人に歯向かうわけにもいかず、かといって心が満たされたわけでもなく、その日、キョンヒは唇を尖らせたまま、引っつかまれて髪の抜けた頭を擦《さす》りながら帰った。

　キョンヒの信念は父の信念ほどに、いや、それ以上に強固だった。きょうだい二人はもちろん、いとこたちにまで伝播し、コ一族に六人もの証人が誕生したのだ。山から下りてきた父が、誰にも、娘にさえも、社会主義を伝播できなかったのに比べ、彼らの実践力は卓越していた。伯父方の甥や姪が六人もエホバの証人になったと聞いて、私は思った。コ家は信念の一族ではないかと。宗教であれイデオロギーであれ、信念でなければ守るのは難しい。

父の言ったとおり、キョンヒは金を盗られることも、人生をぶち壊されることもなかった。同じ証人の夫と仲睦まじく暮らし、五人の子どもを産み、いい職場にも恵まれた。ずいぶん前、ソウルの盤浦《パンポ》か蚕室《チャムシル》辺りに、浴室が二つある高層マンションの部屋を借金なしで購入したという話を聞いた。

「あのとき、叔父さんのところに行ったのは正解だったね。誰かさんの言うことだけ聞いてたら、うちの娘は今頃どうなっているやら」

二番目の従姉がトトリムクを口の中いっぱいに入れ、もぐもぐさせながら尋ねた。

「あたしのこと?」

一番上の従姉が二番目の従姉の背中をパーンと叩いた。

「エホバの証人なんか信じたら家が滅びるから、なにがなんでもやめさせろって、あんた言ったよね？　この子はいまこんなに幸せに暮らしているのに。あんたの言うことを聞かなくて、ほんとよかった！」

「あれこれ噂を聞いて心配したのよ。キョンヒに恨みがあったんじゃなくて。幸せに暮らしてるんだったらもういいじゃない。いまさらそんな昔の話を持ち出したりして。それよりなんなの、この婆さんのバカ力。痛いったらありゃしない」

二番目の従姉は叩かれた背中を擦り、一番上の従姉は父親に似てすっかり白髪になったキョンヒの髪の毛をしきりに撫でた。まだ艶のある黒髪だった日に、つかんで振りまわしたことを後悔でもしているかのように。

「この髪、ちょっと染めなさいよ。まだ還暦前なのに、これじゃ白髪ばばあじゃないの」

「そうなの。お母さんに似たらよかったのに……。悪いところばかり似てるよね。顔はお母さん、髪はお父さん」

一番上の従姉が今度はキョンヒの背中をパーンと叩いた。二番目の従姉を叩いたときと違って軽快な音がした。

「あたしだって娘の頃は器量よしだったのに」

還暦近いキョンヒがそう言って、ぺろっと舌を出した。

「ほら、あんたもなにか言ってやってよ」

トトリムクを皿いっぱいに盛ってきた二番目の従姉が、肩をすくめた。

「顔は義兄さんに似たらよかったね。義兄さんが馬に乗ってわが家に来て柴の戸を開けたとき、そりゃ胸がときめいたんだから。キョンヒ、残念だけど、あんたはお母さんにそっくり。

お父さんに似てたらミスコリアになってたかもよ」

「なんですって？」

ケラケラと笑いが起こった。

テーブルの端の方で、顔は従姉より一段上だという夫が人のよさそうな顔でふほっふほっと笑っていた。不思議な光景だった。わが家では一度もお目にかかったことがない。わが家の会話はざっと三つに分類できる。

一・緊要な話。例えば、どこの大学の何学科を受けるつもりだ、というような。父が訊き、私は英文科に行きたいと答える。父は新聞放送学科か法学部を出て記者になれと言う。私は返事をしなかった。それで終わり！　緊要な話にはこういうのも含まれる。白飯にするか、麺にするか。父は白飯、私は麺。その場合は麺になる。大根飯を食うか、ただの白飯を食うか。父は大根飯、私は白飯。その場合はただの白飯。わが家ではこのような緊要な会話が半分近くを占めた。栗を取りにいこう、栗を選ぼう、大きいのをなぜ小さいのに交ぜた、適当にやるな、買い上げてもらいにいこう、一番いいのは別に取っておいてアリの指導教授に送ろう。ま、こんな感じ。

二・情勢の話。両親は目が覚めるとニュースを見る。主に母が訊く。今度は誰になるだろうか。父は誰々だと答え、たいてい的中した。朴正熙《パクチョンヒ》の死後、国務総理が大統領の代行をするという速報が出た明け方、母が尋ねた。これでいい世の中になったらいいんだけど。明け方からラジオを聞いていた父は、シニカルに答えた。いい世の中がそんなに易々と訪れるものか。軍部も黙ってはいないだろ。そのときも父の予言が当たった。わが家では常にこのような会話が行き交った。大学生になった私に、父はいつも尋ねた。おまえの大学はどうだ、民主学生会はあるのか、みんな光州抗争（一九八〇年五月十八日、光州市を中心に起こった軍事政権に対する民主化要求の蜂起。戒厳軍が武力で鎮圧し、多数の死傷者を出した）をどう思っているのか、と。おかげで私は幼い頃から、アメリカがどうの、北朝鮮がどうの、共和党がどうの、という話を日常語として聞いて育った。このような話が緊要な話を除いた会話の半分ほどを占めた。

三．パルチザン時代の話。これは主に私のいないところでパルチザン同士がこそこそ話した。もちろん狭い家なので筒抜けだった。私に内緒で話したことが、わが家の会話の半分の半分だったということだ。私はパルチザンの話を夜ごと盗み聞きしながら、現代史を学んだ。

こう言うと、うちの家族は寡黙なようだが、とんでもない。他の家に劣らずよくしゃべった。ただ、それが公的で論理的で政治的だったというだけである。それ以外の、いってみればごくふつうの家族が交わす、なにか悩み事でもあるのか、ちょっとは勉強しろ、きれいな服を買ってきたから着てみなさい、なぜズボンしかはかない、彼氏はいるのか、恋愛には興味ないのか、というような会話をしなかっただけだ。俗世に戻ってきても依然として革命家だった両親にとって、恋愛も服も化粧も、とりたてて意味のない贅沢品でしかなかった。その狭間で革命家でない私は、そして信念もない私は、日常の平凡な会話を知らないまま大人になり、歳を取っているところだ。革命家でもなく信念もないくせに、生真面目なものしか受け入れられない頭の固い大人として。だからお父さん、私は悔しいのよ！　いまさらそんなことを言ったところで、父は死んでしまったけれど。そうとも知らない父は死んでも革命家のごとく、遺影の中で厳めしい顔をしてそらとぼけていた。

★

背中を擦っていた二番目の従姉が急に話題を変えた。

「姉さん。もう一度電話してみてよ。たった一人の弟なのに、顔も見せないなんてことある？」

「出ないのに、あたしにどうしろっての」

「もう一度かけてみて。そろそろ起きてるんじゃない？」

従姉たちも叔父のことが気になっていたのだ。私の知らないうちに何度も電話をかけたようだった。キョンヒのことなどもうすっかり忘れて、一番上の従姉が電話をかけた。着信音が十回ほど鳴っても電話は取られなかった。彼女が私の顔色をうかがった。私はすでに叔父と電話で話したことを言い出せなかった。知っているのに来ないとわかったら、従姉たちが心を痛めると思ったからだ。

「そのうち来るでしょ。どうせまた酔いつぶれてるんじゃないの？　兄さんが逝ったのに、来ないはずがないからね」

私はどちらでもよかった。いっそ会わない方が気楽かもしれなかった。しかし叔父は従姉さんたちの言うように、生存している父の唯一の血縁だ。赤の他人のように見えても、血を分けた兄弟だった。そんな彼らの仲を引き離したのは父の思想である。父は自分が正しいと思って選択したものだが、叔父にとっては恨み骨髄に徹するものだった。私が憮然としていたためか、

「そっか、あんたは知らないよね」

一番上の従姉が私にぴったりくっついて座り、周囲を見まわしてから囁いた。

「あんたの父さんも知らなかったと思うよ。あたしが誰にも話さなかったから。あたし以外は誰も知らない話だね」

コ一族はみな言いたいことを黙っていられない質《たち》だ。その血筋を人一倍強く引いている一番上の従姉に、誰にも話せないことがあっただなんて。

「あれは麗水《ヨス》・順天《スンチョン》反乱のときだったかね。あたしは一年生、叔父さんは二年生。分校は二学年が一つの学級だったから、あたしと叔父さんは同じ教室にいたんだよ」

叔父と一番上の従姉が一歳違いだという事実を初めて知った。つまり、姑と嫁が一年おきに息子を産み、娘を産んだのだ。祖母は十三歳で嫁いできたのだから、十分ありえることだ。その頃は別にめずらしくもなかった。叔父さんという呼び方のせいか、私は叔父が従姉よりずっと年上だと思っていた。

麗水・順天事件が起こってから十日ほど経った頃、従姉によると、秋の収穫も終わり、朝夕は腕に鳥肌が立つほど肌寒い晩秋の日だったという。指名手配中だったのでしばらく姿をくらませていた父が、十四連隊を引き連れて歩武堂々と現れた。彼らはパンネ谷に一週間余り留まった。小さな村がかつてないほどの人々でひしめき合い、従姉によると大宴会だったという。叔父と従姉を含む村の子どもたちは、若い軍人たちが訓練するのを時間が経つのも忘れて見入った。ある日の明け方、従姉が軍人たちを見物しにいったときにはもう彼らの姿はなく、あたかも数日のにぎわいが一場の夢のごとく感じられた。パンネ谷は霜をかぶった南瓜の葉のように凄然としていた。従姉はしょんぼりして学校に行った。二時間目の授業が終わったときだった。大きな銃を担いだ軍人たちが教室に押しかけてきた。

「コ・サンウクを見た者は手を挙げろ！」

軍人の口から父の名前が飛び出した瞬間、七歳だった従姉は凍りついた。子どもながらに直感で、コ・サンウクが自分の叔父さんだとは言ってはいけないと思った。誰かがこの子はコ・サンウクの姪だと言いつけやしないかとひやひやしながら、従姉は首を垂れた。ところが、背が低いので従姉よりも二列前に座っていた叔父がさっと手を挙げた。

「ぼくの二番目の兄ちゃんだよ！　兄ちゃんは文尺《ムンチョク》の面党委員長なんだ」

面党委員長とは面《ミョン》で一番地位の高い人である。叔父は自分の兄が誇らしかったのだ。

「そうか！　いつ見た」

「村で豚を三頭絞めて、軍人さんたちと何日も宴会したんだ。今日朝早く起きたら、みんないなくなってたけど」

もし隣にいたら肘鉄砲でも食らわせてその口を封じてしまいたかったけれど、離れていたからそうもいかなくて。こっちは気が気じゃないのに、叔父さんはおかまいなしにしゃべり続けるんだよ。とにかく口軽い人でね。と従姉は一九四八年、七歳の秋に起こったことを、昨日の出来事のように話した。

その日、軍人たちは八歳の叔父の背中に銃を突きつけて村にやってきた。父があらかじめ逃げろと伝えてあったので、村には当時、里長だった祖父しか残っていなかった。祖父は父と違って韓国民主党の支持者だった。赤く染まった父を一番不服に思っていたのも祖父だった。祖父は山の中に身を隠せという息子の指示を守らなかった。父は当然、祖父が逃げたとばかり思っていた。どうして逃げなかったのかはわからない。ふだんから右派だったので、反乱軍だと疑われることはあるまいと高を括っていたのかもしれない。叔父が豚を三頭も絞めて宴を開いたとさえ言わなければ、祖父の確信どおり生き残れただろうか。その日、村を襲ったのは求礼《クレ》の警察ではなく、外地の軍人たちだった。数日前、十四連隊にひどい目に遭わされた彼らは、祖父が右か左かなど眼中にもなかったはずだ。もちろん過ぎてしまったことだし、その日その場に居合わせたのは軍人たちと祖父と叔父だけだったのだから、いまになっては真実を知るすべもない。

軍人たちは立ち去る前に、村に火を放った。由緒ある両班《ヤンバン》の屋敷にも、下々の草葺きの家にも、火はめらめらと燃え移り、パンネ谷はたちまち赤黒い火炎に包まれた。家が燃えさかるのを見ても、村人たちは地団駄を踏むだけで火を消しに山を下りていくこともできなかった。軍人たちの姿が見えなくなるのを確かめてから、村人たちはようやく山を下りた。煙に包まれた東屋《あずまや》の傍ら、祖父の遺体のそばで小便を漏らして気絶している叔父を見つけたのは、一番上の従姉だった。

「あのとき……叔父さんが手を挙げなかったら、じいさんは死ななかったかな……」

従姉さんが袖口で涙を押さえながらつぶやいた。

その日、パンネ谷の人たちは、燃えさかる家から布団一枚、服一着も持ち出せず、着たままの服で散り散りばらばらになった。

「あたしたちは母の実家に、ばあさんは子どもたちを連れてどこかに逃げたんだって。事態も落ち着いた頃、村に戻ってきてみたら、叔父さんがすっかり別人になっててね。それまで叔父さんのあだ名は青鵐《アオジ》だったのに。とにかく日がな一日ピーチクパーチクうるさいもんだから、あの口はいつか禍を招くだろうとじいさんがいつも舌打ちしていたけど、そんな叔父さんが、口が利けなくなったみたいに黙りこくってしまって。私が嫁に行くまで、何度口を開いたかねえ……。あの日、よけいなことを言ったのをよほど気に病んでいたんだろうね。

だから一秒たりとも閉まらなかった口が閉ざされたんだよ。結婚して子どもが生まれてからは、ちょっとはマシになったけど……」

　そんな事情があったとは。てっきりアカである父のせいで家が滅び、勉強もできなかったという恨みつらみで、ことあるごとに父を目の敵にしているのだとばかり思っていた。八歳の叔父は兄が誇らしかったのだ。その気持ちが自分の父親を死に追いやってしまった。叔父はこの生涯、アカの兄ではなく、誇らしかった八歳のときの兄を恨んでいるのではないだろうか。酒に酔わずにはいられなかった叔父の人生を、ひたすら父に向けた彼の怒りを、初めて不憫に思った。

「あたしもなぜかいまのいままで、その日のことは口にできなかった。考えてみると、そんな不運な時代に生まれたあんたの父さんも哀れだし、叔父さんも哀れで……。叔父さんはいまでも、そのときのことが忘れられないんだと思う。その日を境に、兄弟が仇同士になったんだから……」

　炎に包まれた村、澄んだ秋の空を覆い尽くした灰色の煙、その煙の中で小便を漏らして気を失った八歳の叔父。三発もの銃に撃たれ、先祖代々詩を詠んでいた東屋の傍らで目を開けたまま屍となった祖父。従姉の話が生々しすぎて、私も束の間、一九四八年の秋のパンネ谷を見てきたかのようだった。

「だからね、アリ。もし叔父さんが来なくても、あまり悪く思わないでやって。叔父さんもつらいんだと思う。今頃きっと、酔いつぶれてるよ」

父は知っていたのだろうか。まだ幼い弟が、面党委員長だった自分のことを誇らしく思っていたことを。その気持ちが自分の父親を死なせてしまったことを。そのことが終生消えることのない遺恨となって、自慢だった兄を恨み続けたことを。父はうすうす気づいていたかもしれない。だからこそどんなに罵詈雑言を浴びせられても、石仏のごとく無言で、わが家あるいは叔父の家の縁側に座ってタバコをぷかぷか吹かせたのではないだろうか。ただ、正確には知らなかったと思う。その日の真実が、叔父が一人耐え忍んだ恐怖と罪悪感が、見てもいない者にわかるはずがない。やはり叔父には、叔父にしかわからない事情があったのだ。強い焼酎に酔わずには一時《いっとき》とて耐えられない事情が。

★

接客室の外がなにやら騒がしかった。私は喪服の袖で涙をぬぐっている従姉をよそに立ち上がった。いつもそわそわ落ち着きのない従姉が、指先でそっと触れるだけで傷んでしまう熟れた水蜜桃のような心の持ち主であることを知り、驚いた。私が知っていると確信していた、お節介焼きで饒舌家の従姉はどこにいったのだろう。そもそも私は従姉のなにを知っているのか。そんなことを考えながら接客室のドアを開けると、松葉杖をついた老人が花輪に向かって杖を振りまわしていた。

「郡守だと？　こいつはなんだ。国会議員？」

いつ届いたのだろう。十数個並んでいる花輪の中に、著名な国会議員の名前があった。当然、面識のない人だった。かつては名の知れた運動圏（民主化運動を主導した学生）であり労働運動に携わっていたが、いまは革新政党の国会議員だ。そんな人がどうやって父の死を知り、なぜ花輪を送ってきたのだろう。九〇年代に入ってからは私の両親をインタビューしたものが何度かメディアに取り上げられ、記者でなくても訪ねてくる人が少なくなかった。おそらく彼らのうちの誰かだろう。

「アカが死んだら拍手でもすりゃいいだろ。税金で食わせてもらっている国の役人がなんてこった。朝鮮半島を真っ赤に染める気か」

どこかに行っていたのか、向こうの方からファン社長が早足で駆けてきた。

「ああ、ああ、またなんの騒ぎですかね。知らない間柄でもないのに」

ファン社長はまくしたてる老人を押さえて、私に目配せをし、気にしないで中に入れと顎をしゃくった。老人の右脚のズボンはひざから下がひらひらしていた。足も不自由なのにどこにそんな力があるのか、ファン社長が力ずくで引っ張っても老人はびくともしなかった。

「お兄さんの友達でしょうが。そんな人の葬式を妨害しちゃいけませんぜ」

「兄貴の友達だと？　笑わせるな。うちの兄貴をアカに染めて、わが家を滅ぼしたやつだぞ。これでせいせいした！　よくぞ死んでくれた！」

ファン社長に少しずつ引きずられていた老人が振り返って、唾をペッと吐いた。アカだと後ろ指をさす人は、この国にこの老人だけだろうか。これが父の生きた歳月なのだと頭では思っても、心臓の鼓動が激しく打った。礼儀正しく頭のいい父が、二十一世紀であるいまも、誰かにとっては平気で唾を吐いてもかまわないアカでしかないのだ。

「おい、ファン社長。憤らずにいられるか？　考えてみろ。俺はベトコンと戦ってこんな体になったのに、一銭ももらえん。なのにアカ野郎がくたばったからって、郡守や国会議員は花輪を送ってきやがる。この男は独立軍でも愛国者でもない、反逆者だぞ。反逆者！」

二人が事務所に入ってからも、私はその場に立ち尽くしていた。コンクリートで舗装された駐車場に、真夏のような陽射しがじりじり照りつけていた。地面の熱気がかげろうのごとくゆらゆらと立ち昇った。

「アリ。ほら、中に入ってろ」

言葉が出てこなかった。ファン社長が優しく背中をぽんぽんと叩いた。

「気にするな。葬儀場にタダ酒を飲みにくるじいさんなんだ。大暴れして、酒を恵んでもらうのが楽しみなのさ。親父さんとは親しくしていたくせに、酒が飲みたいからおかしなことを言っているんだ。親父さんがいつも酒の相手をしてやってたよ……。自分も酔いが覚めたら後悔するだろ。気にしなくていい」

ファン社長は厨房の方へ急いで歩いていった。もてなしの酒と食べ物を取りにいったのだろう。酒と肴を持ったファン社長が事務所に入ったあとも、私はしばらく動けなかった。タダ酒が飲みたいからなのかどうかはともかく、老人の言ったことは事実だった。この国の多くの人にとって、父はそのような存在だった。よくぞ死んでくれたと拍手をする人は、老人の他にもいるかもしれない。死んでも許せない罪とはなんだろう。太陽は高く昇り、陽射しはさらに強くなった。

ファン社長がひょいと顔を出し、私を見るなり手招きをした。ファン社長と右脚のない老人が花輪の前に立っていた。私も初めてゆっくりと花輪を見まわした。求礼《クレ》と谷城《コクソン》の郡守、民主正義党の国会議員、大学総長、学長、学科長、どこどこの出版社などの花輪が二十基余り並んでいた。ほとんどが私の知らない人たちだった。見当はついた。親しい先輩が母校の総長なので、おそらくそのつながりだろう。かつて学生運動をしていたその先輩は、私の両親がパルチザンだと知って、数キログラムの牛肉を持ってパンネ谷にまで訪ねてきたことがあった。出世したいまでも、その頃の気持ちが心のどこかに残っているのかもしれない。三日後には捨てなければならない花輪に金を使うのは惜しいが、先輩としては思い切ったのだろう。これを権力と呼ぶのなら、喜ぶべきか腹を立てるべきか。そんなことを思っているあいだも、ベトナム戦争の傷痍《しょうい》勇士である老人は、頭を上下に揺らしながら花輪についたリボンの文字を念入りに読んでいた。

「アリといったな？　親父さんから話はいろいろ聞いたよ」

　さっきまで杖で花輪を殴りつけていたのに、アルコールが入るなり意識がはっきりしたのか私の名前を呼んだ。

「さっきは悪かった。うちの兄貴は死んだのに、親父さんだけが生きて帰ってきたのが悔しくてな。こんな盛大な葬式をしてもらえる人もいるってのに、うちの兄貴は一人寂しく逝っちまった。まあ親父さんのおかげで兄貴がいつ逝ったのかもわかったし、遺体も見つけられたんだが。さもなけりゃ弔いもできなかった」

老人は杖を右の脇に挟み、ズボンのポケットに手を突っ込んだ。老人の手と一緒に出てきたのは、くしゃくしゃになった紙幣だった。千ウォン札と五千ウォン札のまじった紙幣を、老人は無理やり私の手に握らせた。トントン。杖がアスファルトに当たる音が遠ざかったあと、私は紙幣を一枚ずつ広げた。一万七千ウォンだった。

「酒代だな。酔いが覚めたらまた来るだろ。あとは俺に任せろ。アリはなんも気にしなくていいから」

父はなぜよりによって故郷に戻ってきたのだろう。私はいつも不思議に思っていた。いつだったか尋ねてみた。父は怪訝そうに訊き返した。

「故郷以外のどこに行くあてがある」

求礼はたしかに父の故郷だが、父の戦場でもある。父の親戚と友人がいるところだが、父を敵だと思っている人がいるところでもあるという意味だ。なのに父は、故郷で暮らすことになんの抵抗もなかった。数年に一度、担当が変わる情報課の刑事とも気兼ねなく冗談を言い合い、親しくつき合った。監視する刑事と酒を飲みたい？　という私の厭味にも、

「巡査だって人間だろ」

父はしれっと受け流した。

「見知らぬ者同士だから、銃で撃ち合うんだ。同じ求礼《クレ》の人間ならそんなことはしない。赤だろうが青だろうが、顔を突き合わせて暮らしている人間に銃など向けられるか。求礼は解放直後に、親日派の粛清すらもできなかったんだぞ」

コ一族に親日派が一人いた。親日によって財を築き、日本に献納もしたらしい。解放直後、村の若い衆らが彼を村の守護神のある山に引っ張っていった。そいつを殴り殺せ、という声が上がった。血気盛んな若者の一人が鎌を持って近づくや、誰かが悲鳴を上げた。若者の母親だった。

「この方がいなかったら、おまえはとっくに死んでたんだよ！」

若者が幼い頃、疫痢で死にかけたとき、その人が治療費を払ったというのだ。すると周りからまたこんな声が上がった。

「うちのせがれが学徒兵にとられそうになったとき、この旦那が手を回してくださったんだ」

やがてその人を糾弾するはずの場が、美談の場と化した。殴り殺せと叫んでいた若者たちも気まずくなり、うやむやに終わった。

「民族だろうが思想だろうが、人情さえ失わなけりゃ、乱世でも生き延びられるんだ」

自分も人情を失わなかったから、アカでも故郷で生きていけるという意味なのか。かつて敵だった人たちと何事もなかったかのようにともに暮らす父も、求礼の人たちも、私の目には異様に映った。よくぞ死んでくれたと唾を吐きかけるような人と、父はどうやって酒を酌み交わしながら暮らしてきたのだろう。答えを聞くことはできないが、私は父がどう答えるかわかるような気がする。人間だからだ。でもそれって人間のすることなのかと私が声を荒らげるたびに、父は答えた。人間だからだ。人間だから失敗し、人間だから騙し、人間だから人を殺し、人間だから赦すというのである。私は父と違って、失敗だらけの人間が嫌いだ。だからできるだけ人と関わりたくなかった。いつも人に裏切られる父を見て育ったからかもしれない。

「おーい！」

ファン社長が誰かを大声で呼んだ。黄色い髪の少女だった。少女は数時間前、老人が杖を振りまわしているときも駐車場の端をうろついていた。

「五差路スーパーの孫だよな？」

ファン社長が声をかけると、少女はもじもじしながら私の方にやってきた。五差路スーパーの孫なら、私はその子の父親を何度か見かけたことがある。腰のひん曲がった母親が三坪ほどの狭い店の中で歳月を重ねているあいだ、自分は店の前に出した縁台に座って、酒で歳月を重ねていた。なにが彼を挫折させたのか知らないが、おそらく叔父みたいに酒が唯一の友なのだろう。誰かと酒を酌み交わすのも見たことがない。彼の娘なら十六、七歳ぐらいだろうか。あどけない顔をしていた。肌がやけに浅黒かった。

「うちの父を知ってるの？」

少女が頷いた。

「どういう知り合い？」

安物のスリッパをアスファルトの地面に擦《こす》りつけながら、少女が口ごもった。

「……タバコ友達ですけど」

私は思わず吹き出してしまった。八十過ぎの父のタバコ友達？　少女はムッとしたように目をつり上げて、私を睨みつけた。

「どうしてまた……」

険しい目つきに似合わず、訊いたことには素直に答えた。

「制服着たままタバコ吸ってるとこをじいちゃんに見られて、げんこつを食らったんです。疚《やま》しくないのかって。せめて制服脱いで吸えって……」

「それからは制服を脱いで吸ったの？」

「学校をやめました」

学校をやめた少女と父は、一緒にタバコを呑む友達になった。弔問に来たのか、少女は接客室の方をのぞき込んだ。

一輪の菊を祭壇に置いたあと、少女は黙って父の遺影を見つめた。弔問は初めてなのだろう。

「やってみる？　膝をついて二回、頭を下げればいいの」

少女は言われたとおりにした。私との一礼は省略した。立ち上がった少女はさっと涙をぬぐった。きっと私の知らない二人だけの事情があるのだろう。そのまま帰ろうとする少女を、私は人のいない奥のテーブルに連れていった。ご飯でも食べていってもらおうと思った。父なら当然そうしただろうから。

「うちの父と仲良しだったのね」

少女はコーラを飲みながら頷いた。

「じいちゃんが、おまえの母さんの国はアメリカに勝った世界で唯一の国だって、だから誇りに思えって。あたし、学校ではずっといじめられてたんだけど……」

母親がベトナム人なのだろう。子ども相手にアメリカ帝国主義うんぬんなんて、いかにも父の言いそうなことだ。髪を黄色く染め、タバコを吸い、高校を中退した少女が、これまでどんな月日を送ってきたのか、もちろん私は知らない。父は知っていただろうし、父なりのやり方で慰めたはずだ。あけすけな物言いをする父の慰め方は誰かを傷つけるときもあったが、たいていはうまくいった。

大学時代、私はある友人を家に連れて帰ったことがある。彼は幼い頃ひどい火傷を負って、右手の人差し指の先が潰れていた。父に軍隊にはいつ行くのかと訊かれ、彼は火傷をした指を見せた。

「ま、軍隊は免除だ。小指じゃなくてよかったな……そうなりゃ軍隊にも行かなきゃならん……」

その指のために私はいつも彼に気を遣っていたというのに、父がそんなことを言うものだから、食べていたものが喉につかえてむせかえりそうになった。彼はいきなり大笑いした。のちに彼がこう言った。憐憫などではなく、他の人と平等に接してくれたのは父が初めてだったと。おかげでそれまでの悲しみがすべて洗い流されたようだったと。
　ユッケジャンを食べていた少女が、テーブルの上に置いてある焼酎をじっと見たかと思うと、また涙をぬぐった。

「受かったら酒をおごってやるって言ったくせに……じいちゃんの……嘘つき……」

　父は勉強しろとその子に毎日言い聞かせた。ときにはタバコで丸め込んだ。少女は父にそそのかされて、大検合格をめざしているところだった。試験は数か月後に控えていた。試験に受かったら酒をおごってやる、と父は指切りして約束したそうだ。

「そのお酒、父の代わりに私がおごりましょうか」

　未成年だが高校生ではないので、少しぐらいならかまわないだろうと思った。少女が慣れた手つきで焼酎グラスを差し出した。一杯ぐっと飲み干したかと思うと、ぶるっと体を震わせた。

「お酒は初めて？」

「ううん、何回も飲んだことあるけど！」

　少女はその年頃にありがちな強がりを見せた。父が少女と仲良くなった理由がわかるような気がした。

「飲んだことがあるようには見えないけど」

「これ、焼酎だから。ビールだったら強いんだけど。じいちゃんよりいけるし！　でもじいちゃんがビールは酒じゃないって。酒は焼酎だけだって、だから自分が焼酎の味を教えてやるって……チクショー、苦すぎるじゃんか……」

口汚い言葉に我ながら驚いたのか、手で口を覆った。真っ黄色に髪を染めていても、まだ子どもだった。私の視線を感じたのか、少女は髪の毛をくしゃくしゃにかき乱すと、鋭く言い放った。

「次はピンクにするんです！」

きっと鋭い視線を浴びて生きてきたのだろう。そんな視線に負けるまいという少女の気勢に、父は好感を持ったに違いない。

「ピンクの方が似合いそうね」

少女は気まずそうにユッケジャンを食べはじめた。

「美容師の資格を取りたくて。そしたらじいちゃんが、俺の頭で練習しろって……チッ、髪の毛もろくにないのに」

そう言ってまた涙をぬぐった。大検に美容師の資格。学校をやめたあと、少女は自分の力で生きていくために誰よりも懸命に日々を送っているところだった。黄色い髪を見て、不真面目な子だと軽々しく判断したのを後悔した。いわんこっちゃない。信じろって言っただろ。父が生きていたらそう叱責するに違いない。

「おーい！　アリ！　ちょっと来てくれ！　議長さんたちがいらっしゃったぞ！」

　誰かが私を呼ぶ大きな声が響いた。見なくても誰だか見当がついた。十二歳のとき、父親を探しに山に入った少年パルチザンだろう。その人は山で両親と兄弟をみんな失い、十四歳で捕まって以来、非転向長期囚として三十七年ものあいだ獄中生活を強いられた。一九八九年に釈放されたあと、母のもとを訪ねてきた。母と同じ南部軍に所属していたのだ。

　秋だったが、なぜか私も家にいた。その人は父と一緒に栗を拾いにいき、両手いっぱいに柿の木の枝を持って帰ってきた。栗畑とわが家のあいだには、父の従兄の家があった。父の従兄は自分の孫娘にさえ、この役立たず者が飯ばかりか貴重な大峯《テボン》柿まで食いつぶす気か、と怒鳴りつけるような人だった。ちょうど熟しはじめた大峯柿が釣り鐘状になっている枝ごと折られたのだから、村が大騒ぎになるのは火を見るよりも明らかだった。分別がないというか、無邪気というか。私が嫌いなタイプだった。

「なんなの、あの人。ひとんちの木を勝手に折ったりして」

私がそう言うと、母が私の口を塞いだ。いつもの母なら自分が先に文句を言うのに、どうしたわけかその人をかばった。

「なんにも知らない子どもなのよ」

私は鼻先で笑った。

「もう五十過ぎなのに、子どもって……」

「十二で山に入って、長いあいだ獄中にいたから、世の中のことはなんにも知らないの。あんたがわかってあげなさい」

獄中でずっと寝てたわけ？　そこだって人が暮らしているんだから、なんにも知らないはずがないじゃない、と喉まで出かかった言葉を私はごくっと呑み込んだ。

「まだ幼いのに足が速くてね。一人で智異《チリ》山《サン》を駆けずりまわって、ありとあらゆる連絡係を引き受けてくれた。怖くないのって訊いたら、その子が言うの。同志の命が自分に懸かっていると思ったら、ぜんぜん怖くないって……」

あたかもその子が目の前にいるかのように、母は袖で涙をぬぐった。母はそれから数日間、よちよち歩きの赤ん坊同然の彼のあとをついてまわって、それはこまごまと面倒を見た。

「おーい！　アリ！」

パルチザンの誰もが可愛がったという少年パルチザンが、さらに声を張り上げて私を呼んだ。私が出ていくまで呼び続ける勢いだった。招かれざる客だったが、喪主として出向かないわけにもいかない。角を曲がって少年パルチザンと向かい合う直前、私は振り返って少女に携帯電話の番号を教えた。

「合格したら連絡して。父の代わりに私が焼酎をおごるから」

ＢＢクリームでも塗っていたのか、涙がにじんでまだらになった顔で少女が頷いた。次は父の別の友人を迎える番だ。

★

同志たちの追悼祭は三十分を過ぎても終わらなかった。二十人余りの前職パルチザンたちが、弔問室にぐるりと輪になって座っていた。少年パルチザンを除くと、ほとんどが父と同年代、つまり八十過ぎの老人たちだった。彼らは老体を押して、ソウルから釜山《プサン》から光州から、訃報を聞くなり駆けつけてきたのだ。病院の世話になっている人たちは来られなかった。また認知症を患っているため、訃報を伝えたがわからなかった人もいるらしい。

二十人余りが順番に追悼の辞を述べるのだが、言いたいことが山のように溜まっている老人たちなので、いつまで経っても終わらなかった。他の弔問客の目には彼らがどこか奇妙に映るのか、尻込みして引き返す人もいた。私は接客室に入った。弔問室を埋め尽くした老革命戦士たちを、奇妙な結界のようなものが包み込んでいた。私が弔問客でも二の足を踏むだろう。接客室にまで聞こえてくる決意に満ちた彼らの口調も、統一を目前に控えたような興奮も、私はいたたまれなかった。父もそうだった。分断を当然視する人たちの方が多い世の中になったことに、また、若い世代が民族の統一を至上命令だと思わないことに、父は憤慨した。

「お父さんがどう思おうと、それが現実なんだけど。まさか現実を否定するつもりじゃないでしょうね。社会主義者ともあろうお方が？」

たいていは私が皮肉り、父は怒気に満ちた目で私を睨みつけながら口を閉じた。口を閉じたということは、父もわかっているのだ。父は自分の選択を後悔していなかったが、人間である以上、化け物のように拡張する資本主義の勢いを前に、絶望であれ悔恨であれ、なにかしら悲しみを覚えたことはあるはずだ。命を懸けた自分たちの闘争が無意味だったかもしれないと思い至ったとき、父はどんな気持ちだったのだろう。

それについて尋ねたことはない。私には想像もつかないことだからだ。なにかに命を懸けたことのない私が、父にかいつまんで定義してもらったところで理解できるはずもなかった。結果の是非はともかく、父は命を懸けてなにかを守ろうとした。それにひきかえ私は現実から目をそむけ不平不満をこぼしているだけだ。そんな私に父を皮肉る資格などあるだろうか。初めて父に申し訳ないと思った。父の同志たちにも、入ってくるなり逃げ出したいと思ったことを申し訳なく思った。この瞬間にも父の同志たちは声を張り上げて、父との縁を、祖国統一への情熱を注いでいた。同志の葬儀があるたびに、参列する同志は一人また一人と減り、十年ほど経てば誰かの訃報を聞いても行けなくなるだろう。

ようやく追悼祭が終わった。名前は聞いたことのある老人が私を呼んだ。老人の目は若い私よりもずっと輝いていた。

「本来、同志が死んだら統一愛国葬にするんだが、コ同志は……知ってのとおり、自首しておる……」

父は一九五二年に偽装自首をした。偽装自首であることは、当然、一番の幹部である全南道党のキム・ソヌ委員長しか知らない。このままじゃパルチザンは全滅してしまう、その前になんとしてでも山を下りて組織を再建しなければ、と父は情勢を判断した。その後、組織を再建している途中、捕まって無期刑を言い渡されたときも父は同じ判断をし、とにかく俗世に戻るために転向をした。その判断の是非について、私はあまり関心がない。あれこれ判断する立場でもない。ただ、生き残った数少ないパルチザン同士が、転向なのかどうかを問い、偽装自首の真偽を見極め、肯定派と否定派に分かれてあれこれ陰口を叩くのは、私としては不愉快だった。

一九八九年に釈放された非転向長期囚がいた。光州刑務所で父と親しかったというその人が、出所後にパンネ谷のわが家を訪ねてきた。四十年近く監房生活を送ったというのに、狎《アッ》鷗亭《クジョン》（世界のブランド店が軒を連ねている高級ショッピングエリア）のギャラリア百貨店の前に立っていてもおかしくないほど、スーツ姿が恰好よかった。俳優だと言われても頷けた。長城《チャンソン》の大地主の嫡孫だったその人は、自分のせいで一家が滅び、帰る故郷すらないという。

「ソウルでなにをして暮らしているんだ」

父が尋ねると、その人は母が和えた干しシラヤマギクがうまいと言いはぐらかした。

「その様子からして誰かいるな？」

その人はぎこちなく笑いながら頷いた。

「なにをやっている人だ。さてはその顔で惑わしたか」

「小さな食堂をやってるよ」

「きみにも手と足があるだろ。なんてこった。民衆を食い物にして！　しかも、哀れでか弱い女性を！　労働をしろよ、労働を！」

その人は箸を置いて、ぽかんと虚空を見つめながら低い声でつぶやいた。

「労働が……労働が……つらいんだ」

それまでどうにか笑いを堪《こら》えていたが、労働がつらいというパルチザンの告白に私は思わずぷっと吹き出してしまった。本人もばつが悪かったのか、笑いながらこう言い足した。

「三日、肉体労働して、三か月入院したよ。僕はどうも労働とは仲良くなれないらしい」

「そのブルジョア根性は、頭が白くなっても相変わらずだな。そんなやつがなんの因果でアカになったんだか……」

その辺で父も、ブルジョアパルチザンを理解することにしたようだった。一週間余り、働く父の傍らで指一本動かさず口だけ動かしたその人は、その後もしょっちゅう父に会いにきた。一九九三年の冬、その人と父は悲壮な語調で、一晩じゅうひそひそ話をした。わが家は薄い土壁なので、二人のひそひそ話は私の部屋に筒抜けだった。

「北に行くことにしたよ」

「北に故郷があるわけじゃないのに」

「故郷には帰れないし……一緒に暮らしている女性はまだ若いんだ。いつまでも年寄りの世話ばかりさせられんだろ。きみの言うように、女性を食い物にして暮らすのも恥ずかしい……」

「北に行ってどうするんだ。貧しい人民の飯を横取りするつもりか？　彼らだって食うものに困っている……。それより、ここできみの得意な勉強をしながら、統一運動の一助を担ったらどうだ！」

その人は東京帝国大学の法学部を出た、当時としてはエリート中のエリートだった。

「僕みたいな老いぼれが統一運動だって？」

「俺たちが生きてきた歳月を世の中に知らせるのも、若者らをきちんと諫《いさ》めるのも統一運動だろ！　他になにがある」

しばらく声が聞こえてこなかった。壁を一枚挟んでいるが、私は二人の表情と息遣いが手に取るようにわかった。ブルジョアパルチザンが浅いため息をついて言った。

「今後は人間らしく、穏やかに暮らしたいよ。僕はきみみたいには生きられない」

またブルジョアがどうのと言うかと思ったら、父はそれ以上なにも言わなかった。だから私は思った。もし私と母がいなかったら、父も北を選んだだろうか。そこなら命を懸けた自分たちの青春が報われるのだろうか。

　ブルジョアパルチザンがまた一言つけ加えた。

「僕は本当に労働が嫌なんだ……労働が怖い……」

　それを聞いて父が爆笑した。

「北に行ったら、そんなこと絶対に言うんじゃないぞ。人民裁判ものだな」

　ブルジョアパルチザンもふっと笑った。その夜は父とその人の最後だった。父はそれ以来、その人とは会っていない。生きているのか死んでいるのか消息さえつかめなかった。生きていたとしても、父の訃報は北にいるその人には届かないだろう。

　私はその後、その人にもう一度会った。ある日、私に電話をかけてきたのだ。北に行く前に、どうしても話しておきたいことがあるという。私が近くまで行くと言っても、彼は私の家で会いたいと言い張った。よく知らない人と、狭苦しい家で会うのは気が進まなかったが、ほんの少しでいいと言うので仕方なく住所を教えた。彼は本当にほんの少しだけ腰を下ろしてから帰った。

「ここを発つ前に、これだけは言っておきたかった。お父さんが偽装自首したのは知ってるね？」

もちろん知っていた。父は自分の過ちですら隠そうとしない。もっとも、偽装自首を過ちだとは思っていなかった。

「お父さんを疑わないでほしい。偽装自首だということを知っている人はいない。ま、だから偽装自首なんだが。委員長のキム・ソヌだけは知っていた。ソヌが死ぬ前に、きみのお父さんの話をしてくれたよ。組織を再建した暁にはおまえも偽装自首せよ、と私に言っていた。偽装自首をしてきみのお父さんと合流しろと。事情を知らない人はお父さんを悪く言うかもしれない。だが真実はそうじゃない。だから、せめてきみだけでもお父さんを信じてやってほしい」

その人はそう言って私の手をがっしりと握った。もし偽装でなくても、私は父を、他の誰であれ、非難するつもりはなかった。生きるために自首したのに、それが罪になるというのか。だがその人の考えは違った。転向するしない、自首するしないということが、一人の人間の生そのものを判断する座標だと思っているようだった。

その人は南での最後の任務を果たしたかのように、清々しい顔で私に握手を求めた。褐色のコールテンズボンに、バーバリーのコートを着ていた。北に行けば、苦手な労働と距離を置いて、人間らしく暮らせるだろうか。私はその人がバーバリーのコートの裾を翻して去っていく姿を、長いこと見つめていた。お体に気をつけて、という決まりきった言葉しか出てこなかった。

その人が北に行く前にどうしても偽装自首の真実を告げなければならなかったように——しかも、誰かに聞かれやしないかと私の家まで来て——父の葬儀に参列した彼らにとっても、父の自首は深刻な問題だった。それは高潔な革命家にあるまじき変節であり、一枚の転向書を書かなかったために何十年も監房暮らしを強いられた自分たちと肩を並べることのできない、極めて重大な堕落であった。私は彼らと考えを異にしたので、なにも返事をしなかった。

老人が私に一枚の紙を差し出した。そこには「統一愛国人士、コ・サンウクの追悼祭」と書かれていた。父は彼らにとって同志ではなく人士、つまり、ともに統一愛国運動を行った人間でしかなかった。

「かといって、プラカードもなしに最後を見送るわけにはいかない。この文句を入れたプラカードを何枚か作って掛けるのはどうだろうか」

私は母に訊いてみますと言って背を向けた。別に彼らが恨めしかったわけではない。父の故郷で、統一愛国人士、コ・サンウク、と書かれたプラカードなど掛けたくなかったからだ。

喪主の休憩室で休んでいた母は、私の話を聞くなり、重い体を起こして手を振った。

「そんなのいいから。父さんのせいで陸軍士官学校に行けなかったキルスが生きてるのに。それに、コ家には公務員が四人もいるのよ。死んだあとまで、あの子たちを苦しめるつもり？　あんたの伯母さんが墓から化けて出てくるかもしれない。静かに見送りたいって言いなさい」

　母の言葉を伝えると、老人が怒気を帯びた目を向けた。

「とっくに民主化された世の中で、プラカードを掛けるぐらいなんだ。なにかあったら俺たちがすべて責任を持つ。お母さんにそう伝えなさい」

　なにも起こるはずがないことぐらい私だって知っている。保守政権下ではあっても、そんなプラカードを掛けたからといって警察は来やしない。来たとしても、プラカードを外して帰るだけだろう。もはやそんなことで鉄窓に閉じ込める世の中ではない。暗暗裏に不利益をこうむるかもしれないが、私のような時間講師などたかが知れている。だが老人は、私たちが怖くて反対していると思ったようだ。そうじゃないと一言一句説明して、老人の怒りを静めた方がいいのか。次から次へとやってくる弔問客に手こずっていた矢先、見覚えのある顔が目に留まった。父が晩年に私よりも親しくしていたユン・ハクスだった。彼は私と大学の同窓生でもあった。

　数年前から、父は私にことあるごとに訊いた。

「ユン・ハクスって男を知ってるか？　おまえの同窓らしいが」

　知らないと言っても何度も訊いてきた。おまえにどうしても紹介したいいやつだから覚えておけという意味だということを、後になって知った。勤めていた大企業を辞めて、給料も出ない地域社会研究所で働いているハクスは、麗水《ヨス》・順天《スンチヨン》事件の実態調査も兼ねて求礼《クレ》に来たときに父と知り合った。その後二人は、歳の差を超えて意気投合した。

　ある日、家に帰ると、父が好きな冷凍スケトウダラのスープが鍋の中で煮えていた。ところが、いつもと違って魚の白身が煮崩れていて食べにくい。

「なにこれ」

「ハクスが一箱くれたんだが、どうにも食えんものを持ってきやがった」

　後日、ハクスが持ってきたのは、冷凍スケトウダラではなく生スケトウダラであることが判明した。父が冬のあいだじゅう冷凍スケトウダラを食べていると聞いて、苦労して生を手に入れたのだ。私の両親はそれまで生スケトウダラを見たことがなかった。豚に真珠とはこのことで、生スケトウダラを冷凍スケトウダラスープと同じように煮込んだのだから、身崩れするのは当たり前だ。ハクスはせっかく貴重な生スケトウダラを買ったのに、食えもしないものを持ってきたと後々まで父から咎《とが》められた。

ハクスは、退職金でパルチザンのドキュメンタリーを撮っている監督と、老人たちと一緒に済州島《チェジュド》を旅行したこともあり、私よりは老人たちと親しかった。弔問を終えたハクスをつかまえて、これまでの事情を説明した。実の息子でもないのに父に似て饒舌で、くだらない冗談が好きなハクスは、あれこれ訊きもしなかった。

「俺に任せとけ。そっちは自分のやるべきことをやってろ。ほら、またお客さんだ」

おお、同志たちよ！　ハクスが長い足ですたすたと老人たちの方に歩いていった。後ろ姿が頼もしかった。あんな息子がいたら、父はもっと安心してあの世に行けるだろうか。幼い頃、父の姉の夫は私がそばにいるのもお構いなしに、どこかで息子を一人作ってこいといつも父をいびった。たいていは聞き流していた父もうんざりすると、私を抱き上げて肩にのせた。

「俺はこの子がいれば十分だ。息子なんか要らないから、しつこく言わないでくれ。アリ。おまえが息子の代わりもしてくれるんだよな？」

小学三年生にしては物わかりのよかった私は、ついでに憎らしいおじに厭味を言うのも忘れなかった。

「もちろん。キドンは今度のテスト、三十番だったんだって」

キドンとは父の姉の末息子で、一人息子で、私のクラスメートだった。

「アリはどうだ？」

「一番！」

「息子よりいいな」

父は大声で笑いながら庭をぐるっと走った。真っ青な空に入道雲がもくもくと湧き上がっていた。なにがそんなにうれしかったのか、私は父の肩の上で汗びっしょりになるほど笑い転げた。井戸端に咲いたクチナシの花の甘美な香りにむせかえった。

そんな穏やかで幸せな日々もあった。翌年、父は刑務所に入れられ、私は父を失った。そのときの私はいまよりも不幸だった。光州刑務所にいるのは知っていたが、会うことができないのでいないも同然の人だった。体の弱い母の代わりに体当たりで遊んでくれた父を失った私は、この世のすべてを失った気分だった。そのとき失った父を、私はいまだに取り戻せていないのではないだろうか。父を永遠に失ったいま、なんだか悔しい気持ちにもなった。

★

花輪を寄こした国会議員とはどういう関係なのか、おまえは教授なのかそれとも時間講師なのか、この大勢の弔問客たちはみんなおまえの知人か、などと老パルチザンたちから尋問を受け、私は冷や汗をかいた。平等な世の中をつくるために命を懸けた彼らもやはり、私と出世した人たちとの関係が気になり、私の出世もまた気になる、ごくごくふつうの人たちだった。私は冷や汗をかきながら鼻でふんと笑った。

父もそうだった。私が博士号を取得したときも、つまらない学術書を一冊出版したときも、私の前ではなにも言わなかった。博士論文と学術書を二十冊送ってこいとだけ言った。ところが誰も読むはずのないそれらを村の人たちに配り、盛大に酒までふるまったことを、後日、母から聞いて知った。社会主義者なら農民や労働者を誇りに思うべきじゃないの？　博士だからって喜ぶなんて。だから社会主義が滅びたんでしょ。そんなことを思いながら、不屈の精神を持った革命家のごとく智異山《チリサン》を眺めながらタバコを吹かしている父を、私は内心あざ笑った。

パルチザンたちの関心の対象からいかにして逃れるか頭を悩ましているとき、誰かがドアの隙間からひょいと顔をのぞかせた。小柄で腰の曲がった、子どものような老人だった。見覚えのある顔だった。その人に会ったのは数年前、母を病院に連れていく途中だった。母は長いこと脊柱管狭窄症を患っているのだが、しだいに痛みがひどくなり、身を横たえることも座ることもできなくなった。老いた体に手術は厳しい。見るに見かねてインターネットで検索してみると、脊髄神経を麻痺させる施術があるという。施術は週に二回、合わせて十二回受けなければならなかった。

　何度か施術を受けた頃だった。病院からほど近いバス停のベンチに座っていた小柄な老人が、母に気づくなり近寄ってきてがしっと手を握った。二人はうれしそうに近況を尋ね、生きていたらまた会おうと言って別れた。

「誰？」

「父さんの前妻の妹。あんたは会ったことなかったっけ？」

　わが家の系図はこんなふうなのだ。父も母も再婚同士。その時分はほとんどの人がそうだったが、両親も初婚は見合いだった。当時、父には好きな人がいたのだが、親同士が決めた相手と無理やり結婚式を挙げた。式の途中で家を飛び出した父は、それきり二度と帰らなかった。相手の女性は父が山に入り、その後刑務所に入れられたときも、一人待ち続けた。父は面会すら拒んだ。それでも女性は足しげく通った。やがて面会に応じた父は、格子越しにハンカチで涙をぬぐっている女性に冷静な声で言った。

「そちらも自分も、しょせんは封建制度の犠牲者です。だから自分のような男は忘れて、いい人に会って再出発してください」

それが二人の最後だった。

私が小学五年生のときだった。父は刑務所に入っており、農繁期だったので、母は父の姉の家に私をあずけて田んぼのあるパンネ谷に行っていた。ある日、見知らぬ女の人が訪ねてきた。縁側に座って私をじっと見ていたその人が、白いガーゼのハンカチを取り出して涙をぬぐった。曲がった手でその人の背中を擦りながらため息ばかりついていた伯母が言った。

「あんたみたいないい人を追い出したから、天罰が下ったんだよ。あんな男、虎にでも噛み殺されてしまえ」

私は虎にでも噛み殺されてしまえというのが父のことだと気づいた。私を見る女の人の眼差しがあまりにも寂しげだったからだろう。

「日どりを決めました。そのことだけでもお伝えしようと思って。幸せになりますから、心配しなくていいと……」

その人は立ち上がったかと思うと、風のない日に散る桜の花びらのように静かに近づいてきた。それからそっと私の頭を撫でた。

「お父さんにそっくりね……」

父に似た子どもでも産みたかったのか、その人は父を見るように私を見た。奥ゆかしく、優しく、そしてこの上なく悲しげに。

そうやって長いあいだ私を見ていたが、やがて腰から財布を取り出し、五十ファン（一九五三年から一九六二年まで流通していた通貨）紙幣を一枚、私の手に握らせた。よく晴れた日で、庭は美しい陽だまりに満ちていた。その人は滑るようにその陽だまりの中に入り、私はその人が握らせた紙幣を庭に放り投げた。もらってはいけない不吉なもののような気がしたからだ。紙幣は音もなく宙を舞いながら陽だまりの中に着陸した。

その人の妹が、要するにかつて父の義妹だった人が、自分の姉を不幸のどん底に陥れた義兄の葬式に来て、義兄のいまの女房とうれしそうに言葉を交わしているのだ。

母は誰よりも温かく、かつて父の義妹だった人を迎えた。腰が痛いので他の弔問客にはしない一礼までした。二人の女性は手を取り合ったまま、しばらく無言で見つめ合った。二人が無言で交わしている心の内は、私には想像すらできなかった。

「ありがとうね」

ようやく母が口を開いた。

「こんなに急に逝ってしまうなんて。先日、娘のスーパーで見かけたときは、お元気そうだったのに」

わが家から一番近いのは五差路スーパーだ。そこよりは遠いところにある昔の義妹の娘がやっているスーパーまで、父はわざわざ行ったのか。求礼《クレ》というところはもしかしたら、そんな奇妙で古い縁故が蜘蛛の巣のように絡み合った、小さな監獄なのかもしれない。

「おーい！」

ハクスがつかつかと弔問室に入ってきた。

「じいさんたちがどこに埋葬するのかって訊いてるぞ」

考える暇もなかった。父がどこでもいいから撒けと言ったからといって、本当にどこにでも撒くわけにはいかない。父の主な舞台だった白雲山《ペクウンサン》に撒くのはどうかと、漠然と考えてはいたけれど。私の心を読み取ったかのように、ハクスが訊き直した。

「やっぱ白雲山かな。他にどこか考えているところは？」

白雲山は村の裏山で、父から何度も聞いてはいたが、実際に行ったことはない。考えているところなどあるはずもない。

「お父さんに聞いたかもしれないけど。一昨年だったっけな、白雲山の大峠《ハンジェ》でパルチザンのじいさんたちと追悼祭をやったんだ。その日、お父さんが追悼の辞を述べたんだよ。そりゃ感動的だったなあ。そこはどうかな」

父が大峠の朝鮮五葉松林はすばらしいと言っていたのを思い出した。朝鮮五葉松なら、松の実が好きなリスや鳥も多くいるはずだ。父は子どもや動物をとても可愛がったので、そこなら寂しくないかもしれない。

「そうね」

「じゃ、そのつもりでいるよ。明日、じいさんたちも埋葬地まで行くつもりでいるけど、揃いも揃って高齢だし、今晩はここより旅館に泊まってもらった方がよくないか？」

そんなこと、考えてもいなかった。ここを誰に任せて旅館を探せばよいのか困っていたら、今度もハクスが私の心を読み取った。

「俺がどこか近くの旅館をあたってみるから、アリはなんにも心配しなくていい。ほら、またお客さんだよ」

さっき父の昔の義妹が出ていったドアを開けて、今度は母の昔の義弟が、妻と三人の子どもを連れてやってきた。事情を知らない人に目茶苦茶な家庭だと思われても、返す言葉もなかった。

　母の昔の義弟を、私は幼い頃から知っていた。南部軍に所属していた母の前の夫は、釜山《プサン》橋頭堡《きょうとうほ》の戦いのときに連絡が途絶えた。おおかた洛東江《ナクトンガン》を渡る際に死んだのだろう。母は出所後、小間物売りをしながら姑と義弟たちの世話をしているときに父と出会い、前の夫の家族の同意を得たのち、父と婚姻届を出した。結婚してからも母は時折、彼らに会いにいった。軍人だった一番上の叔父は不愛想でめったに口を開かなかったが、財布は気前よく開けた。会いにいくたびに母にはもちろん、私にまで小遣いをたっぷりくれたので、私はどんな関係なのかも知らずに叔父に懐いた。

　父が出所したのちに、私は母と叔父の関係を知った。たしか高三の冬休みだった。両親がパルチザン時代の思い出をあれこれ語りながら、干してあった栗の皮を剝いているとき、蛍光灯が突然消えた。母が照らしている懐中電灯の光を頼りに蛍光灯を取り替えていた父が、いきなり腹を立てたかと思うと外に飛び出していってしまった。父は手先が不器用だった。

「まったく、男のくせに蛍光灯もろくに替えられないなんてね。ユンジェはその昔、一人でてきぱき取り替えたのに。なに一つ、ユンジェよりマシなものがないんだから。顔もそう、性格もそう。ほらアリ、あんたが懐中電灯で照らしてて」

「ユンジェって誰？」

私は母が再婚だなんて知らなかった。蛍光灯を替えようと椅子に上がった母がぎくっとしているのが感じられた。外でタバコを吸っていた父が、母に代わって即答した。

「誰だって？　母さんの前の亭主だ。いまの亭主の前で前の亭主の話を堂々とするのは、国じゅう探しても母さんぐらいだろ」

「幼い娘の前でなんてこと言うの。そんな話、どうだっていいでしょ……。だからあんたにはいつもイライラするのよ」

「幼い娘だって？　はっ、聞いてあきれるね。こんな幼い娘を見たことがある者は出てこいってんだ」

幼い娘というのは、生まれつき骨格ががっしりしているうえに、高三になって成績よりも体重がぐんぐん増え、たくましい体になった私のことだ。漫才でもするかのように、障子戸を挟んですったもんだの心理戦を繰り広げているわりには、前の亭主のことを話す母にも、女房が前の亭主を褒めるのを聞いている父にも、爪の垢ほどの怒りも感じられなかった。

わが家はいつもこんなふうだった。ことあるごとに母は、うちのユンジェがね、と言い、父はユンジェが内《うち》のユンジェなら俺は外《そと》のサンウクか？　と冗談で受け答えた。私はそんなことを言う母も、腹を立てない父も理解できなかった。もうこの世にはいない人だから冗談が言えるのだろうか。あるいは、死んだ同志が父の魂に沁みて不離一体になっているのだろうか。そんなことを思うのだった。

父はユンジェの親友であり、同志だった。死んだ友人の妻と結婚して暮らした父の心情を、常に死んだ友人と比べられても一度も腹を立てたことのない父の心情を、私はいまもなお察せないでいる。

たしかに父は潔い合理主義者だった。元南部軍の男が二人、母を訪ねてきたときのこと。一九八八年に李泰《イテ》の手記『南部軍』が世に出たので、人づてに互いの連絡先を知ったのだろう。二人は生活に余裕があるのか、求礼《クレ》で一番高いコンドミニアムに部屋を取って母を呼んだ。父も面識はあったので一緒に出かけた。数時間、胸の内を語ったのち、父はすっくと立ち上がり、

「全南道党はこれで引き上げますから、南部軍同士、よき宵をお過ごしください」

そう言って、夜中に勇ましく部屋を出た。雪が降っていたし、タクシーを呼ぶ金も持ち合わせていなかったので、父は華厳寺《ファオムサ》からパンネ谷まで十六キロもある道を、私にまで受け継

がせた音痴な歌声で、太白《テベク》山脈に雪が降る、銃を持て、いざ出征だ、とかつての革命歌を大声で歌いながら、歩いて家に帰ってきた。道中、父は雪の降る白雲山《ペクウンサン》を駆けまわった二十歳の頃に戻っていたのかもしれない。

母の昔の義弟の家族が父の遺影に向かって跪いている姿を、私はなぜか凄然たる気持ちで見守った。彼らにとって父は、生涯をともにするはずの義姉を奪った人だけではないようだった。兄の友人であり同志であり、少し運命が違っていたら兄と友人の立場が入れ替わっていたかもしれない。ひょっとしたらこれは、この国にいくらでもある悲劇的な現代史のワンシーンではないだろうか。別に父が立派だったとか、特殊だったわけではない。ただ、戦争という現代史の悲劇によって、絡み合った人々の因縁が勢ぞろいした、めずらしくもなんともない状況なのだ。

母を抱き寄せてすすり泣く友人の弟を、妻の昔の義弟を、遺影の中の父が見ているような見ていないような目で見守っていた。ユンジェの弟に会えてうれしいか？　俺の弟に会うときと全然違うじゃないか。父がそう言っているような気がしてならなかった。

★

サンウクさんが来た。父はコ・サンウク。その人はキム・サンウク。

キム・サンウクさんは高校を卒業し、谷城《コクソン》で農業を営む、カトリック農民会の初期のメンバーだ。初めて彼に会ったのは私が大学生のときだった。もちろん父のおかげで、あるいは父のせいで。独裁政権下で孤軍奮闘していた、俗称〝谷城カ農〟の六、七人が、朝鮮戦争のときに谷城郡党委員長だった父の居場所を訊いて訪ねてきたのだ。狭いわが家に彼らを上げられない。父は彼らを橋の下に連れていった。そこは一年に何日か、熱帯夜が襲ってきたときにパンネ谷の人たちが涼むところだ。

私は母が煮た鶏を二羽、頭にのせて十分余りかかる道を歩きながら、心の中でありとあらゆる罵声を吐いた。自分たちが食べるものぐらい、持ってきなさいよ。その当時、パンネ谷にはバスも通っていなかったし、彼らが食べ物を持って二時間もかけて歩いてくるのは無理だったので、私が罵声を吐いたのは太陽がまぶしすぎたからだということにしておこう。

彼らは欅《けやき》の木の下で服を脱いで、小川で川狩りをしていた。父がパンツ一丁で岩の上をひょいひょい飛びながら、大声で叫んだ。

「さあ行くぞ！」

反対側にいた人たちがどっと父の方へ群がった。ほどなくして父が仕掛けてあった網を持ち上げた。コウライギギだか鮎だか大人の手のひらほどの魚が数匹、網の中で勢いよく飛び跳ねた。陽射しを浴びた鱗が金粉のごとくキラキラ輝いていた。見慣れたパンネ谷の小川にあんな神秘的な生き物がいたとは。コウライギギはただのコウライギギじゃなかったし、鮎もただの鮎ではなかった。

うわあ、うわあ。男たちの喚声が上がり、十戸余りしか人家のない、ふだんは静まり返っているパンネ谷が揺れ動いた。揺れ動いたというのは決して誇張ではない。パンネ谷は山の斜面にできた小さな集落だ。男たちの声に、パンネ谷が本当に三メートルほど宙に浮いた。真夏で、雲一つない快晴で、風すらも吹いていなかったので、世界が止まってしまったかのような日だった。幼子のように歓声を上げながらどぶんどぶんと水に飛び込む男たちに、私は目を見張った。その中に還暦近い私の父もいた。

彼らのうちの一人が、頭に鶏の水煮をのせたまま自分たちを見物している私を見つけた。その人が棒立ちになって静かに言った。

「飯が来たぞ」

ケラケラ、どぶんどぶん、小川の騒ぎが一瞬にして静まった。まるで夢でも見ていたかのように、辺りは静寂に包まれた。さっきまで子どもだった人たちが、たちまち大人になって私を見た。彼らはパンツしかはいていなかった。侵入者にでもなったような気がした私は顔をそむけた。しばらくして、誰かが私の頭の上にある木製の盆を下ろした。頭を押さえつけていた盆の重みが消え、さっきまでの騒ぎも失せ、おとなしくなった男たちが欅の木の下で輪になって座っていた。

「サンウクだ」

だしぬけに父が言った。なにを言っているのかわからなくて、私は碗を配っていた手を止めて父の顔を見た。

「こいつはサンウクだ」

ウハハハ。男たちは一斉に笑い転げた。私が皿と箸を下ろしたところにいた本人が、頭を掻きながら受け答えた。

「自分がサンウクです」

頭が薄くなりはじめたキム・サンウクさんが、私の目を見てにっこり笑った。四十歳ぐらいだろうか。私は二十代、サンウクさんは四十代。私はインテリ、サンウクさんは農民。私はつんと澄まして会釈だけし、言葉も交わさずに背を向けた。

もう会わないだろうと思っていたのに、私は引っ越しをするたびにサンウクさんに会った。父がパンネ谷から求礼《クレ》の町に引っ越したときはもちろん、金のない私がソウルで二年の契約が切れるたびに住み家を転々としたときも、サンウクさんはきまって一・五トンの青いピックアップトラックに乗って現れた。おそらく谷城《コクソン》から求礼に行って父を乗せたあと、ソウルまで運転してきたのだろう。三百キロ近くの道のりを。往復で六百キロ。私は彼と父を一度も家に泊めなかった。アパートからアパートへと荷物を下ろしては上げ、タバコ一本吸う暇もなく働いた彼に、チャジャン麵を一杯おごり、玄関口で、ありがとうございました、と丁重に、早い話が冷たく礼だけ言って追い返した。

「礼なんて……自分の車で来ただけなのに」

冷たく言い放った私に、彼は頭を掻きながら照れくさそうに笑った。いつだったか、ちょっと冷たくしすぎたかなと思った私は彼の背に向けて叫んだ。

「おじさん！　ちょっと待って」

階段を下りようとしていた彼が振り返り、広い額を撫でながら言った。

「おじさんじゃないんだけど……三つ上だから……」

私がなぜ呼び止めたのか、彼は知っていた。だからそう言い残して、父の背中を押すようにして去ってしまった。おじさんじゃないんだけど、三つ上だから、の意味を、封筒に金を入れているときに悟った。彼は私と三つしか違わない。ということは、頭は薄くなりはじめているけれど彼もまだ二十代なのだ。急に顔から火が出そうになり、封筒にさらに金を入れて追いかけていったときには、彼の青いトラックはもうどこにも見えなかった。そのことがあってから、私はいつも彼に申し訳なかった。でも申し訳ないと言うことすらできなかった。

「郡守さんはあとで来るらしい」

彼が靴を脱ぐべきか迷っている連れの背中を押しながら言った。あとで来るという郡守も、あのとき川狩りをしていた一人だった。保守勢力に政権を奪われても、世の中は前に向かって走り続け、カトリック農民出身が郡守になることだってあるのだ。郡守はまだ来ていないが、花輪はすでに届いていた。

「お父さんが命を助けた人だよ。ここに来る途中、偶然会ってね、自分も連れていってくれって言うから一緒に来たんだ」

おずおずと靴を脱いで接客室に上がろうとしていたその人が、ぺこりと頭を下げた。

父は谷城《コクソン》郡党委員長だった時分、イプ面に補給闘争に出かけた。朝鮮戦争が勃発する直前のことだ。父はそのとき民衆の実体を見たと、いつだったか私に話してくれたことがある。

初めは進んで蔵を開け食糧を差し出していた人々が、あるときから隠すようになったと。
「自分の得にならんことには容赦なく背を向けるのが民衆だ。そもそも民衆が背を向けるような革命は間違っているんだが」

　老いた父にはわかっても、若い父にはわからなかった。だから、いや、もっと正確に言うと、生きるために、父と同志たちはその村で食糧を隈なく探した。社会主義に背を向けた民衆もまた、自分たちが生きるために必死で食糧を隠したので、何時間探してもたいした収穫が得られなかった。一握りの米と、同志の命を引き換えにする補給闘争だった。

　ある家の奥の間を出ようとしたときだった。障子紙の隙間からほのかな光が染み込んできた。父はもしやと思い屏風の後ろを見、そこに屋根裏があるのを見つけた。屋根裏の戸を開けた瞬間、怯えた真っ黒な瞳が父を見た。二十歳を過ぎたばかりの巡査だった。父もそのときはまだ二十三歳の青年だった。巡査にとっては永遠のような時間が流れた。男は万事休すだと思い、目を閉じた。

「一巻の終わりだと思いましたよ。おかしなことに、断念してしまったら怖くもなんともないんです。匙を投げるように自分の命もあきらめられる」

　ところが父が男の耳に囁いた。

「巡査をやめるなら命は助けてやる」

父がそう言うと、男は迷いもせずに何度も頷いた。父は表に出て、大声を上げた。

「退却！」

男は翌日、派出所に辞表を出した。未練はなかった。

「米を一升用意して待っていました。うちの家族が腹を空かせても、その米だけは絶対に手をつけなかった。あの人が来たら渡そうと思って。部屋の隅に置いた米一升を見るたびに、おかしな気分になったものですよ。あれは俺の命と引き換えなんだ、俺の命はなんて軽いんだ、そう思いましたね」

ようやく思い出した。私は彼に会ったことがある。出所した父がパンネ谷に戻ってきて間もない頃だった。求礼《クレ》の町から二時間歩いてわが家を訪ねてきた人がいた。顔は覚えていないが、その人の手にぶら下がっていた丸いスイカは覚えている。スイカを下ろしたその人の手に縄の跡がくっきりとついていた。

父はスイカを受け取ってから、斜視の目で男の手に残っている縄の跡をしばらく見ていた。男はその跡を消さんとばかりに両手を擦《す》った。

「こんなところにまでなんの用だ」

なおも両手を擦りながら、男は縁側に腰を下ろした。

「出所されたと聞いて来ました。訊きたいことがあるんです」

男はそのあいだに母が運んできた砂糖水をごくごくと一気に飲み干した。大人の頭よりも大きなスイカを提げて、かんかん照りの中を二時間も歩けば喉もからからに渇くはずだ。

「覚えていらっしゃるかどうか。あのとき、戦争が起こったとき、自分が訪ねていったのを」

「もちろんだ。おかげで俺たちは白飯を腹いっぱいに食えた。そりゃうまかった。数年ぶりに食った白飯だったからなあ。あれは忘れられないよ」

「あのとき、どうして自分を追い返したんですか」

男は部屋の隅に大事に置いてあった米一升を持って、左翼が占領していた町に行った。そこで命の恩人を見つけ出し、米を渡した。男は一言目にこう言った。

「あの翌日、巡査をやめました」

ぽかんと男を見ていた父が舌打ちをして言った。

「チッ。そっちが巡査をやめたかどうか、わかったもんじゃない。そんなに純粋で、どうやってこの厳しい世の中を渡るつもりだ。帰ってくれ。それから、じっと息を潜めて生き残ってくれ」

男はなんでもするから命じてくれと父にしがみついた。すると父は恐ろしい形相で睨みつけ、声を荒らげた。

「一度反動になった者は永遠に反動だ。そんなやつが信じられるか。帰れ」

それでも自分にしがみついて離れない男に、父は声を張り上げた。

「ここに巡査がいると大声を出そうか？　そうなりゃ即、銃殺だぞ」

命からがら逃げた男は、父に言われたとおり、じっと息を潜めて激動の歳月を送り、生き残った。そして三十余年が過ぎた頃、出所した父を訪ねてきたのだった。

「どうしてですか。アカは誰でも仲間に入れるんでしょう？」

部屋の中にいた私は便所に行きたかったが、戸を開けて出ていく状況ではなかったので、太腿に力を入れて我慢し、二人の話に聞き耳を立てた。いまでも一言一言すべて記憶しているのは、しだいに抑えきれなくなった尿意が私を覚醒させたからだろう。

「どうしてですか。本当に、一度反動になった者は永遠に反動なんですか」

ジジジと、タバコに火をつける音が聞こえた。父が安物の白鳥《ペクチョ》タバコをくわえたのだ。

「負けるとわかっていたからだ」

「え？」

男が訊き返した。私も訊きたかった。

「負けるとわかっている戦争だった。俺たちはもはや後には引けなかったが、思想も信念もないそっちを、負けの決まった戦いに巻き込むわけにはいかないだろ」

外はしばらく静寂に包まれた。聞こえるのは父がタバコを吸い込む音だけだ。そろそろ出てもいい頃かなと思い、取っ手をつかもうとしたとたん、男が口を開いた。

「恩を返したいと思うのは、信念じゃないんですか」

この辺りからもう、私は二人の会話についていけなかった。過ぎ去ってしまったことなのに、真夏の炎天下を二時間も歩いてやってきて、なぜ恩を返させてくれなかったのかと詰《なじ》る彼を、私はとうてい理解できなかった。だから思い切って戸を開けた。そして男の背後を忍び足で通ったが、男は私のことなど気にも留めず、父をじっと、それこそじっと見つめていた。背戸にある便所に行くために角を曲がろうとしたとき、父が言った。

「それは信念じゃない。人としての道理だ。そっちは巡査をやめたことで、人としての道理を果たした。それで十分だ。だからもうここには来てくれるな。自分のことだけを考えて生きてくれ」

男が腰を上げようとしたとき、父が言った。

「はるばる来たんだから、飯でも食っていってくれ」

その日、私は男と一緒にご飯を食べた。棚の奥にしまってあった杏南《ヘンナム》磁器の皿が久しぶりに食卓に上った。男はふきの葉にたっぷりご飯を包んでうまそうに頬張りながら、子どもは四人いて、二人目は成績が学年で一番で、女房は小学校の教師で、梨農家の収入はわりといい、などとあれこれしゃべり続けた。さっきまでの深刻で重たい話はすっかり忘れてしまったかのようだった。

その後、二度と男に会うことはなかった。だが秋になると、決まって梨の箱が倉庫に置いてあった。男が送ってきたのだろうと推測するだけで、父から男の話を聞くことはなかった。

男は私と話をしているあいだもちらちら父の遺影を見やった。私も父を見た。高校生のとき理解できなかった二人の会話は、五十近くなったいまでもわからない。負けるとわかっていながら戦った二十代の父は、どんな気持ちだったのだろう。命の恩人のために自分の命を懸けようとした二十代の男は、どんな気持ちだったのだろう。気のせいか遺影の中の父がもぞもぞと三次元の立体的な像を結びはじめた。生きているときの父は、ちらほら、喩えて言えば、ナイトクラブの明滅する照明の中に一瞬姿を現わしたかと思うとすぐにまた消えてしまうような人だった。ところが、死んだ父がしだいに輪郭を現しはじめたのである。生きているときにあちこち散らばっていた瞬間瞬間が、自分の訃報を聞くなり、集合の号令をかけられたかのように集まってきて、巨大でくっきりとした存在を浮かび上がらせるのだ。お父さん。私は思わずその存在を声に出して呼んでみた。父の遺影をじっと見ていた男が、名前すら知らない男が、私を見つめた。目が赤くなっていた。私の目もそうだろう。若いサンウクが、キム・サンウクさんが、そっと涙をぬぐった。

★

明け方の葬儀場はひっそりしていた。接客室のあちこちで、私の知人といとこたちが死んだように熟睡していた。喪主の休憩室では、母と昨夜遅く駆けつけた母の妹たちが並んで横になり、仲睦まじくぼそぼそ話をしているところだった。昨日は一日がどのように過ぎたのだろう。ほんの数時間前が遥か昔のことのように思えた。もっとも昨日と今日は明らかに違った。父が存在していた日と、もはや存在しない日。私としては初めての、新たな一日が始まろうとしていた。

パク・ハヌ先生が誰かと一緒にそっとドアを開けて入ってきた。パク先生は昨日だけでも、弔問客を十数人は連れてきた。父を一人寂しく逝かせはしないと心に決めているかのようだった。すれ違う求礼《クレ》の住民みんなに父の訃報を知らせているのか、彼が連れてくる人たちは名前も聞いたことのない同窓生から、金物屋の主、果物屋の主、紙屋の主、とさまざまだった。そのたびに彼は見知らぬ人の傍らで一緒に弔問をし、小声でぼそりと私に紹介した。その中にこんな人もいた。

「この人の長男はヤクザだったんだが、親父さんが親分と直談判をして連れ戻したらしい。光州に残っていたら危ないから、遠く江華島《カンファド》の花農家に就職させて、いまは真面目に暮らしているそうだ」

父はどうやってヤクザの親分と直談判をしたのか。そういえば光州の暴力団、西方《ソバン》派の親分だか兄弟分だかと同じ刑務所にいたという話を聞いたことがある。顔見知りだから訪ねていったのだろう。刑務所もしょせんは一つの世界なのだ。そこでも誰かと出会い、誰かと縁ができ、誰かを好いたり憎んだりするのだろうから。

いつだったか、父が光州刑務所で出会った無等山《ムドゥンサン》ターザンの話をしたことがある。貧しかったその人の家族は、無等山の中腹に無許可の家を建てた。撤去班員らが来てその家を燃やし、村の寝たきりの人々の家にも火をつけようとするや、その人が四人の若者を金槌で殴り殺した。父が出所した翌年のクリスマスイブに、その人の死刑が執行された。捕まって三年目のことだった。思想犯と殺人犯をひっくるめて、死を前に泣きもせず怯えもしなかった唯一の人だという噂でもちきりだった。父は親しくしていた刑務官からその話を聞いた。その人は淡々と死を受け入れたと、父は傍点を打って言った。私がなんの反応も見せないので、父が言い足した。

「人間が淡々と死を受け入れるのは生易しいことじゃないんだぞ！　銃声を聞いただけで、岩の陰に頭を突っ込んで怯える者もいたしな。その男は金日成《キムイルソン》大卒だったが、頭の良し悪しなんぞ死を目前にしたらなんの意味もない。頭だけ隠してどうする。結局、尻も太腿も蜂の巣になって即死したよ。革命家ともあろう者がそんな調子なのに、あいつは首に縄をかけられるときも穏やかな顔をしていたそうだ。常日頃、死刑になっても自分の犯した罪は償えないと言っていたが、それで少しは罪滅ぼしができると思ったんじゃないか？　本人は安らかに逝ったかもしれないが、俺たちは本当に惜しいやつを失ったよ」

　父はどうだったのだろう。人間の始原は埃であり、誰しもいつかはその始原に戻るのが不変の科学だと思っていた人だから、淡々と死を受け入れたような気もするし、あるいは頭でっかちでいざ死を目前にすると、頭だけ岩の陰に突っ込んだという金日成総合大学出身のエリートのように恐怖に慄《おのの》いたかもしれない。脳溢血だったから、死を恐れる暇すらなかっただろうけど。母の話によると、電信柱に頭をぶつけて病院に運ばれた父は、やがて意識を取り戻した。病院側は一、二時間ほど様子を見てから退院するようにと言った。ベッドに横たわっていた父は、突然むくっと起き上がり、家に帰りたい、とうわごとを言ったが、またすぐに意識を失い、順天《スンチョン》に向かう救急車の中で意識がないまま母の手を握ったのが最後だった。手を握ったのは怖かったからだろうか、それとも父なりの淡々とした別れのあいさつだったのだろうか。

　パク先生が、朝早くに連れてきたある弔問客の背中を私の方に押した。

「紹介するよ。ソ・ソンチョル先生、知ってるよな？　こちらは先生のご長男だ。夜行で来てくれたんだが、すぐに帰らないといけないらしいからお通ししたよ」

　会ったことはないけれど、ソ先生のおかげで私は刑務所にいる父と鉄格子越しではなく、刑務所長の部屋で会うことができた。ソ先生は父と母の恩師だった。二人を仲人した人でもある。ソ先生は戦争が起こる前のある日、父ともう一人の教え子にご飯をおごった。

「きみたちは私の大切な教え子だ。互いに助け合ってくれよ」

父は左翼で、もう一人は右翼だった。

「左翼の世になったらきみがこの子の面倒を見て、右翼の世になったらきみがこの子の面倒を見てやりなさい」

左翼の世は儚く終わり、父はソ先生のもう一人の教え子の面倒を見る機会がなかった。右翼の世で共和党の三選議員まで務めた彼は、恩師の言いつけを守って何度も父の便宜を図った。刑務所長の部屋で特別に面会できたのも、彼の口添えがあったからだった。凄まじい戦争を経た時代はこんな人間味にあふれていたのか、あるいは人がよすぎるソ先生のもとによい生徒が集まったのか。いずれにせよ、そんな時代があった。

ソ先生の長男の話は父からよく聞かされた。彼が訪ねてきた日は、わが家に新鮮な魚があった。水産業協同組合の役員だった彼は、時折、用事で麗水《ヨス》に来た際には必ずわが家に寄って、求礼《クレ》の市場ではお目にかかれない人の背丈ほど長い太刀魚、鮎、アカシタビラメを一箱ずつ置いていった。置いていったのは魚だけではない。お金をくれるときもあった。いつだったか、母が二十万ウォンの入った封筒をしげしげと眺めていた。当時としてはかなりの金額だった。

「こんな大金をもらったのは生まれて初めてよ。いいのかしらね……」

生涯逃げまわったり刑務所に入ったりで、恩返しもしなかった教え子のところに、恩師の息子が訪ねてくる理由を私はあえて訊かなかった。私の両親には訊いてもとうてい理解できないことが多すぎた。だが、訊かなかったのはそのためではなかった。知りたくなかったからだ。知ったら私に借りができてしまう。父は誰かの命を助けもしたが、誰かの力を借りて生きてきた。パルチザン同士、胸中を語りながら暮らしたらどうかと父と母を会わせたソ先生は、結婚式はおろか、部屋一つ借りる金すらもなかった私の両親のために、自分たちの玄関脇の部屋を使わせた。この世に二人といない先生は早く逝き、その息子があとを受け継いで、この世の中に自分たちの居場所を失った、金もなければ名前もない根無し草の両親の世話をしたのである。

だいいち両親に恩返しができるはずがなかった。下手すると、恩を返すのがそっくりそのまま私の役目になる。パルチザンの娘という天罰に加え、貧しさまで相続してうんざりしているところに、二人が受けたありとあらゆる恩まで引き受けるなんてごめんだった。だから私は、両親の会話に何度も出てきたはずの先生の長男の名前を、是が非でも記憶に残したくなかった。

だが、世の中そんなに甘くはない。今日、彼は芳名録に名前を残すだろうし、私は時折その名前を見ることになる。その都度、父が受けた恩を肌に銘じ骨に鏤《きざ》まざるをえないだろう。彼はあたかもそのために来たかのように弔問し、見るからに分厚い封筒を弔慰金箱に入れると、慌ただしく出ていった。なにか優しい言葉をかけてくれるわけでもなければ、親切でもなかった。ただ事務的に弔問をした。所要時間は五分。これだけのために遥か遠方から駆けつけたのかと思うと、不思議でならなかった。彼にとって父はその程度の存在なのではないか、などと邪《よこしま》なことを考えたりもした。要はソウルから求礼《クレ》までの距離だった。KTX（韓国高速鉄道）で片道約二時間半、往復だと五時間。彼は父のために丸一日を快く投げだしたのだ。

「また来るよ」

パク先生はそう言い残して、ソ先生の長男と一緒に葬儀場を出ていった。私は駐車場まで行って彼らを見送った。先生の長男は本当に急いでいるのか早足で歩き、その後ろをパク先生が危なっかしい足どりでついていった。もう来なくてもいいですよ、と言いたいのを我慢した。パク先生は、自分なりのやり方で亡友を見送っているところなのだ。

父の右翼の友人が去ったあとに、今度は左翼の友人たちがやってきた。年寄りたちが早起きなのをすっかり忘れていた。今日の食事が何時に届くのか聞いたはずなのに、思い出せなかった。

ドアを開け閉めする音に、死んだように横たわっていた人たちが一人二人と薄汚れたなりで目を覚ました。昨日、食事を担当した従姉たちも気だるそうに目を開けた。年寄りたちがどっと入ってくるのを見て、末の従姉が慌てて冷蔵庫を開けた。

「ねえ、ご飯とユッケジャンが少し残ってるけど、とりあえずこれ出す？」

ちょうどそのとき、厨房に続くドアがぱっと開いた。餅屋の姉さんだった。姉さんが大きな手桶を下ろした。

「これ、アワビ粥ですけど。ご高齢の方は朝が早いと思って、急いで作ってきました。間に合ってよかった。たくさんあるから、みなさんでどうぞ。今日の食事は八時までに届くそうですよ」

昨日は母の夕食にと胡麻粥を作ってくれた。夜遅く仕事が終わったあと、どうやって買い物に行ってアワビ粥を作ったのかミステリーだった。

「まあ、こんなに真心を込めて。いったいどなた？」

餅屋の姉さんは自分のことを従姉たちに言わない方がいいと言っていたのに、だったら自分も知らんぷりしていればいいものを、これじゃばれないはずがなかった。

「母の友達の娘さん。ふだんからいろいろ作ってくれて。お母さんを早くに亡くしたから、うちの母を実の母親のように慕ってるの」

「まあまあ」

手桶を開けた従姉たちが嘆声を上げた。

「アワビがこんなにもたくさん。歯が弱い年寄りのためにすり下ろしてあるじゃない。これだと食べやすいね」

昨日の残りの惣菜をつけあわせにして、アワビ粥を食卓に並べた。アワビ粥は大好評だった。

「葬式でアワビ粥を食べるのは初めてだなあ」

少年パルチザンはうまそうにアワビ粥をぺろりと平らげて、そう言った。

「さっきの人のお母さんは昔、連絡員だったんですって。うちの母の友達でもあるんだけど」

「どうりで！　そりゃうまいはずだ……」

連絡員の娘が作ればうまいのか？　人並外れた腕前と、姉さんの真心が込もっているからこそおいしいのだ。それでも同志の娘が煮たアワビ粥は、パルチザンたちにとって感慨深い味なのかもしれない。餅屋の姉さんは彼らの同志ではないので、アワビ粥は同志愛の証《あか》しではなかった。まあ、それはともかく。貧しいパルチザンの葬式に、名を馳せた人物の葬式でもお目にかかれないアワビ粥がある！　なんだか私の気持ちも、姉さんの煮詰めたアワビ粥のように温かくなった。

　昨日は胡麻粥を半分以上残した母だが、妹たちがそばにいるからか、アワビ粥を一杯きれいに平らげた。母は一日じゅう座っているのもつらいはずだ。私は叔母たちに頼んで、母を家に連れて帰ってもらうことにした。明日、火葬場と埋葬地に行くなら、少しでも寝ておいた方がいい。続けざまに葬式を出すことになっては困る。

　家に帰ろうとした母が、餅屋の姉さんを呼んでくれと言った。姉さんは濡れた手をエプロンで拭きながら急いで駆けつけた。姉さんを見る母の目元が潤んだ。母は姉さんの手を取って、いつまでも背中を擦った。

「あたしが生きていられるのはあんたのおかげね。すっかり手を煩わせてしまって。ここの仕事もして、お粥も作って……。この恩をどう返したらよいのやら」

「まあ、とんでもない。おばさんだけじゃなくて、胃がもたれている喪主がいたら、作ってやるときもあるんですよ」

　いつも思うことだが、姉さんは本当に優しい言葉をかけられる人だった。私にそんな真似ができたら、今頃は教授になっているはずだ。私の言葉には刃が潜んでいる。そんな言葉を私はどこで覚えたのだろう。父が刑務所に入っているあいだ、私は言葉に潜む刃を研ぎながら耐え忍んだような気がする。

「あんたの気持ちは十分いただいたよ。本当にありがとう」

立ち上がろうとする母を、姉さんがすばやく両手で支えた。私が支えるときと違って、母は楽に立ち上がった。歩きだす前に、母はもう一度姉さんの手を握った。

「うちの娘は勉強以外のことはなんにも知らないから、いろいろ教えてやってね。あんたがここにいてくれてよかった」

母が叔母の車に乗りながら私に言った。

「アリ、なんでも勝手に決めないで、姉さんに相談しなさいよ。姉さんの言うとおりにしたら間違いないんだから」

「とんでもない。さすが学のある人は違いますよ。昨日だって十分うまくやってましたから。こんな頼もしい喪主がどこにいますか」

姉さんがドアの外に落ちた母のスカーフを拾って、リボンふうにきれいに結び直した。知らない人が見たら、姉さんの方が娘だと思うだろう。

母が帰るなり、ファン社長の事務所のドアがバーンと開いた。杖が見えた。昨日の傷痍勇士だった。

「兄さん。またどこ行くんですか。ここで飲みましょうよ」

いつ来たのだろう。傷痍勇士の顔はすでに赤らんでいた。朝っぱらから飲んだのか。まあ、酒飲みに時間なんて関係ないだろうけれど。酒飲みは時間を超越した人間、要するにどの時間にも留まれず、絶えず自分に酒を飲ませようとする時間に回帰する人間なのだ。叔父がそうだった。

「弔問させてくれ！」

ベトナム戦争で脚を失ったのは、おそらく六〇年代後半から七〇年代初め。老人は自分の脚よりも長くつき合ってきた杖を巧みに操りながら、ふらつくこともなく私の方に歩み寄った。

「弔問なんてしなくていいから……こっちで俺と酒でも飲みましょう」

足の不自由な老人を力ずくで引っ張るわけにもいかず、ファン社長は困惑したようにあとを追いかけた。

「ほお、ベトコンをやっつけた俺には、アカを弔問する資格はないのか？　コ・サンウクは俺が殺したんじゃないぞ」

「どうぞお入りください。弔問もして、食事もしてください」

　怒り心頭に発した老人がおとなしく私のあとをついてきた。彼は跪いてお辞儀はしなかった。いや、できなかった。どこに行くにも一緒の杖をついて弔問室に入るなり、その場にどすんとへたり込んだ。そしてぼんやりと父の遺影を見ていたかと思うと、涙を流してもいないのに手で目をぬぐった。もはや涙など残っていないのかもしれない。

　老人は懐からなにやら取り出した。古い写真だった。私に見せるために持ってきたのだろう。私は膝で歩み寄り、写真を手に取った。色褪せた写真の中で、三人の男がパンツ姿で肩を組んでいた。蟾津江《ソムジンガン》の文尺《ムンチヨク》渡し場だった。小学校に上がる直前までは私も、父と一緒に町に遊びにいくときその渡し場から船に乗ったものだ。父が河東《ハドン》屋の女将の尻を叩いたとヘソを曲げた日も、その渡し場で船に乗って家に帰った。

　右の端で首にタオルをかけた男が誰だか、私は一目でわかった。十四、五歳ぐらいだろうか。若かりし日の父だった。いや、まだ若さが花開く前の、髭も生えていない少年の頃だった。私が見た父の写真の中で最も若かった（祖母が木綿の布で包んで縫いつけた小学校の卒業写真はもっと幼い頃だが、団体写真なので顔が小さすぎて、私はいまだに父を見つけられない)。
「真ん中にいるのがうちの兄貴だ。サンウク兄さんとはそりゃ仲が良かったんだよ。いつも一緒だった。俺はそんな二人を追いかけてばかりだったが……。いまじゃもう顔も思い出せない。写真を見ても、ああ、これがうちの兄貴なのか、って思うだけだ」

写真の中の父は見知らぬ人だった。父は幼いときからあまり変わっていなかったので、父を知っている人なら誰でもすぐに写真の中の父に気づくだろう。私が見慣れないのは、父のみずみずしい若さと、正面を見据えている斜視ではない目だった。写真の中の砂浜はいまと違って広くて美しく、色褪せたモノクロ写真なのに灼熱の太陽の熱気が感じられた。その熱気すらも冷ますかのように、父の青春は爽やかだった。まだ社会主義を知らない十代半ばの父は、自分の前に茨の道が続いているとは露知らず、明るく笑っていた。写真の中の二人の少年は山に入ってパルチザンになり、そのうちの一人は山で命を落とした。兄貴たちのあとを追いかけていた弟は兄を失い、他国で自分の脚も失った。写真と今日を隔てる時間が重々しく圧縮され、私の胸をしめつけた。

「俺はサンウク兄さんが憎かった。たしかに監房で苦労はしただろうが、生きていたじゃないか。生きて結婚もして、娘もできて、白髪を生やしながら歳を取った。うちの兄貴が老いていくのは見れなかったが、あんたの父さんは俺の前で老いていく……」

私の両親は、もうじき平等な世の中になると希望を抱いて山で死んでいった人たちをいつも羨ましがった。籾殻《もみがら》だけが生き残って死にきれずにいるのだと嘆いたりもした。しかし一方で誰かは、そんな人生を羨み憎んでいたのだ。どちらがいいのかはわからないが、私は老人の気持ちがわかるような気がした。

私の知らない父の青春が込められた写真を老人に返した。彼は無言で立ち上がり、杖をついた。写真を床に置いたまま。

「もらってくれ。もう兄貴のことは忘れたい」

朝ご飯でも食べていってほしかったが、彼は自分の脚代わりの杖で力いっぱい弔問室の床をつきながら歩きはじめた。出ていこうとした彼がふと振り返り、なにか言いたそうに口を動かしたかと思うと言った。

「また来るよ」

ここの人たちはなにかというと、また来るよと言う。一度来ればもういいのに。おそらく一度では終わりにできない気持ちなのだろう。憎しみであれ友情であれ恩であれ、しぶとくつながっている気持ちが、絡まり合って切っても切れないその気持ちが、私には重くて怖くて、そして羨ましかった。

酒に酔っていても自分の脚のように杖を操る老人の後ろ姿を、私は長いあいだ見つめていた。未練など棄ててお帰りくださいとでも言わんばかりに空はよく晴れ、沿道には血のように赤いサツキが咲き乱れていた。太腿から下がない老人の脚に新芽が吹き、みるみるうちに成長したかと思うと、次の瞬間、彼は写真の中の兄より幼い少年になって走りだした。

★

午前十時。葬殮《ヨム》（故人の体を清め、寿衣を着せる儀式）が始まった。親戚はもちろん、パク先生、パク・ドンシクさん、ファン社長、キム・サンウクさん、父と親しかった人たちが、大きな一枚ガラス窓の前に幾重にもなって並んだ。鉄製の寝台に寝かされた父の姿は、臨終のときとたいして変わらなかった。父は山で数え切れないほどの死体を見たという。同志がすぐそばで内臓をさらけ出して死んでいるところも、カラスが頭のない同志たちを啄《ついば》んでいるところも数多く見た。父の背負った残酷な運命が立ちはだかってくれたおかげか、これまで私は一度も危険にさらされたことがない。交通事故を目撃したこともなければ、骨折はおろか捻挫すらしたことがない。もちろん死体も見たことがない。

　時速百八十キロで高速道路を走って病院に運ばれたとき、父の顔は死人のように蒼白だった。数時間前に意識を失った父は、顔の筋肉がすっかり緩んでこのうえなく安らかに見えた。生きているときの人間の顔は、どの筋肉も緊張状態にあるのだろう。世事の苦しみが筋肉の緊張として表れるのではないかと思われた。死とは苦しみから解き放たれること。ましてや苦痛に満ちた人生を送った父は、解き放たれる喜びもそれだけ大きいのではないか。二度と目を開けることのない父の顔を見ながら、私はそんなことを考えた。

　葬儀師が慣れた手つきで父の体を傾け、あらかじめ遺体の下に敷いてあった寿衣を引っ張った。父の体は白かった。いつも日焼けして黒かった顔も、血の気が引いていつもより白かった。みんな父は生まれつき色黒だと思っていた。幼い頃から私のあだ名は黒っちょで、父に似たからだと思われていた。そうでないことを私だけは知っていた。

　三歳のときだったか。なにかの用で父と二人、町に行った。河東《ハドン》屋の事件が起こる前だったと思う。私の記憶は、父が真っ裸で蟾津江《ソムジンガン》から出てくる瞬間から始まる。夏だったので、川に着く頃には汗びっしょりになっていた。市の立つ日ではなかったのか、行き交う人もいなければ船頭を呼んでも返事がなかった。父は汗を流すために川に入った。私はなぜ一緒に入らなかったのだろう。肩車をしてもらったので汗をかかなかったからかもしれない。川から出てきた父は、深く考えずに服を脱いだ場所、つまり私のいる方に歩いてきた。体の弱い母の代わりに私を風呂に入れてくれたのはいつも父だったし、夏になるとよく一緒に渓谷で遊んだはずなのに、それらの日々は記憶に残っていない。

その日私は、私の方に向かって歩いてくる父を見た。裸なのに父の体にはランニングシャツの跡がくっきりついていた。ランニングシャツを着ていた上半身の一部分と、ズボンで隠れた下半身は白く、陽に当たった部分は真っ黒だった。それがおかしくてケラケラ笑っていた私の目に、見慣れないものが目に留まった。父の股間に私にはないものがぶら下がっていたのだ。なんだろうと思い、私は目を凝らした。視線を感じた父はカニ歩きでスピードを上げたかと思うと、急いで服を着た。その瞬間、私は人生で初めて深い悲しみを、なにをもってしても埋められない欠如を感じた。

父にあるものが私にはない！

翌日から私は父を真似て立っておしっこをした。そんなことをしても私にないものが生じたりはしなかった。そのたびにパンツとズボンを濡らして、母から小言を聞かされた。その記憶が霧に包まれた蟾津江《ソムジンガン》のようにおぼろげに残っていたのだが、父の遺体を見るなり鮮明によみがえってきた。私が三歳のとき、私と父は身も心も一つだった。つまり、一心同体。ところが父の裸を見た蟾津江で、私は父と分離した。つまり、私から父を奪ったのはイデオロギーや国家だけではなかったのだ。いや、違う。父と違うということを悟り、父に似たくて立ち小便をするほど、父は私のすべてだった。その父をイデオロギーが、国家が、奪ったのだ。

どちらなのかはわからない。確かなのは、寿衣をまとって冷たい鉄製の寝台に寝かされているあの遺体と私が、少なくとも一時は一体だったということだ。父は私の宇宙だった。そのような存在を、あの肉体を、もう二度と見ることはできない。いまこの瞬間、たしかに時間と空間の某地点を占領しているあの肉体が、明日になればわずかな埃と化してしまう。

心の奥底から水分が込み上げてきた。涙となって流れそうになった瞬間、誰かが私よりも先に泣きだした。ハクスだった。彼の涙が日照り続きの日に降り注ぐ陽射しのように、私の心に満ちあふれた湿気を燃やした。

ハクスの後ろに見覚えのある後ろ姿があった。千鳥足で出ていこうとしている、ひょろっと背が高くて痩せ細ったあの後ろ姿は、父の弟に間違いなかった。

「叔父さん！」

大声で呼んだが、その後ろ姿は止まるどころか足を早めた。

「叔父さん！」

私はハクスを押しのけて早足で叔父の方に向かった。いつだったか、こんな日があった。叔父と私が人生のある瞬間を共有した唯一の日。そのときは叔父が私を呼び、私は振り返りもせずに歩き続けた。結局、すぐに叔父の自転車に追いつかれたけれど。

高三の夏休みのことだった。連座制というものを知って以来、私は勉強を投げ出していた。当然、成績はどん底まで落ちたし、大学に進むつもりもなかった。そうしたくても当時の成績では無理だった。ところがどうしたわけか、担任の先生が私を寵愛してくれた。副学級委員の母親が学校に顔も見せないと、早い話が金の入った封筒を持ってこないと、クラスメートたちの前で私の頬をひっぱたく教師もいたが、貧しいアカの娘である私にとくに目をかけてくれた先生も中にはいた。高三のときの担任がそうだった。かといって、私に押されたアカの烙印が消えるわけではない。しかもその頃の私は、好意を受けるとそれだけ卑屈になり、自尊心が傷つく情けない子だった。

夏休みが始まるなり、担任はクラスで成績が一番から五番までの生徒を、バスも通っていない山奥のわが家に送り込んだ。朱に交われば赤くなるとか、四当五落（四時間しか寝ないで勉強すれば大学に合格し、五時間も眠っていては合格できない）という言葉を固く信じていた担任が、寝る時間を惜しみ、鼻血を垂らしながら勉強に勤《いそ》しむ模範生と一緒にいれば、ひねくれ者の私でも少しは勉強するのではないかと細工したものだった。体の弱い母は家族三人の食事の支度だけでもひいひい言っていたのに、担任の企みにまんまと騙されて自ら苦労を買って出ることになった。

　同級生たちにとっては有意義な夏だった。その頃はまだ、家の戸を開け放しておけば山あいの夏は扇風機がなくても十分涼しかったし、パンネ谷は谷川の他にはなんの楽しみもない深い深い山奥だったから。彼らはがむしゃらに勉強した。こういうのを蛍雪の功というのだろうと、私は感心させられた。母は一日じゅう庭の畑と水道の周りと焚口《たきぐち》を往復し、思いがけない下宿生たちの世話で、夜ごと呻き声を漏らした。私はその声を子守唄代わりに聞きながら眠り、他の子たちは浅い眠りからがばっと跳ね起き、ふたたび本を広げるのだった。かといって、良心が咎めなかったわけではない。教科書を必死で暗記している彼らのそばで大の字になってのんきに小説を読んでいるところを母に見せるのは、胸のどこかで疚しい感じがした。

　そこで私は朝ご飯を食べたあと、小説を何冊か持って栗林に向かった。栗林に大人が五、六人は寝転がれるほどの大きな岩があったのだが、その周りを古い杏《あんず》の木が三本、護衛兵のように取り囲んでいたので、暑い夏を過ごすにはもってこいだった。岩は冷たく、杏の木の葉は風にそよぎ、その隙間から木洩れ陽が揺れ、小説でも読みながらうたた寝をするのにちょうどよかった。いつものようにすーっと眠りに、いや、小説の中の世界に陥りそうになったそのとき、こらあ！　という雷声が私をふたたびこの汚らわしい、パルチザンの娘である世界に引きずり戻すではないか。ゆらめく陽射しを背に立ちはだかっている黒い影は、父だった。父の手には鋭い鎌が握られていた（一瞬ギョッとしたが、当然その鎌は私に振り下ろすためのものではなかった。真夏に大人の背丈ほどに伸びた栗林の雑草を刈りにきた父が、大学入試を目前に控えた娘が一人のんきに寝そべっているのを見て、鎌を置くのも忘れて岩にさっと上がっただけだ）。

「いい加減にしろ！　母さんがいま誰のためにこんな苦労をしているのか……。おまえも人の子なら、それに見合うだけのことをしろ！」

　そんなに怒気に満ちた父の顔を見たのは初めてだった。またもやギョッとしたが、怒気なら私も負けないほど積もっていた。私はどこ吹く風の、気だるい、その夏にぴったりの表情を満面に浮かべ、持っていた小説をゆっくりと目の高さにまで持ち上げた。そのときだった。父の鎌が本の角を切り落とし、目の前をよぎったのだ。農作業はさっぱりのくせに、その日は鎌を研いできたのか『高慢と偏見』の〝見〟が真っ二つに割れた。割れたのは文字だけではなかった。言ってみれば、父と私をつないでいた、月日が経つにつれ薄れつつあった縁とでも言おうか、あるいは心の絆がぷっつり切れたような気がした。私はゆっくりと体を起こした。そして考えた。父は鎌を振り下ろしてはいけなかった。それに見合うだけのことをしろと言うべきでもなかった。そんなことより、パルチザンの娘として生きている私に心から詫《わ》びるべきだった。

　ちなみに、私は父と違って喧嘩に強かった。といってもこれまでの人生で喧嘩をしたのは三回だけだが、いずれにせよ、相手の三人は無残にもノックアウトされた。父は憤った人に落ち着けと言い聞かせるが、私は憤った人の怒りを煽る。感情が高ぶって泣きだしたり、理性を失うまで。私はその涙を、理性を失う様子を、沈着に、いつもより穏やかな気持ちで凝視するのだ。その落ち着いた凝視が加われば、相手は対応する力を失う。その日の父が私に惨敗した三人のうちの一人だった。

　私は立ち上がり、足元にある数冊の本に視線を落とした。どれもどこかで借りてきた本で、遠く旅立つときに持っていくほどのものでもなかった。私はその夏の隠れ場だった古い杏の木を一瞥してから、ゆっくりと背伸びをした。パルチザンの娘として生きてきた時間が、そして、その時間に蓄積された私の骨や肉までも、息と化して体外に投げ棄てられることを心から願いながら。束の間の祈りが通じたのか、体がすっきりした。私はぴょんと岩から飛び降りた。そして父がよく研いだ鎌で刈った栗林を大股で歩いた。少し歩いてから振り返ってみると、父はあっけにとられた顔で私を見ていた。そんな父に向かって私は旅に出る洪吉童《ホンギルトン》（朝鮮時代に書かれた『洪吉童伝』の主人公で、庶民のヒーローのようなイメージを持つ）のごとく、腰を折り曲げて深くお辞儀をした。そして二度と振り返らなかった。

　町まで歩いて二時間、パンネ谷が遠ざかるほど足取りが軽くなった。パンネ谷でさえなければ、パルチザンの娘でさえなければ、どこに行っても生きていけると思った。急に勉強の意欲が湧いた。ソウル駅に着いたら職業紹介所を訪ねよう。この顔で飲み屋に売られることはないだろうし、家政婦の仕事を紹介してくれと頼もう。暇を見つけて勉強して大検を受けよう。しかし、ソウルに行くための旅費はどうしたらよいのか。一番上の伯母はケチだからくれるはずがないし、二番目の伯母はお金がないだろうし、いっそお母さんの友達に頼もうか。でもなんて嘘をつけばいい？　あれこれ考えているうちに私はうれしくなった。パルチザンの娘でさえなければ、どんな人生でも受け入れられそうだった。その日、私は真夏の炎天下で暑さも忘れて、汗だくになっているのも忘れて、飛ぶようにして歩いた。

角を曲がったらぶどう畑、ぶどう畑を過ぎたら面所在地、と鼻歌を歌いながら歩いていると、後ろから自転車の音が聞こえてきた。てっきり父だと思い、さらに足を早めた。

「アリ！」

息を弾ませながら私の前でキーーッと自転車を止めたのは、なんと叔父だった。叔父とパンネ谷ではないところで、しかも二人だけで顔を合わせたのは初めてだった。それだけでも気まずかった。私は自転車を避けて歩き続けた。叔父の自転車がゆっくりと私のあとをついてきた。砂利道でゆっくり自転車をこぐのは、歩くよりも大変だった。自転車がふらついているのが、後頭部に目がついているかのようにはっきりと感じられた。

面所在地を過ぎ、貯水池を過ぎる頃、叔父が私を呼んだ。

「アリ。もういいだろ」

私は聞こえないふりをして歩き続けた。

「仕方ないだろ。行くぞ」

帰ろうと言っているのか、このまま行けと言っているのか、わからなかった。蟾津江《ソムジンガン》が見えてくるときまで叔父は黙っていた。軋《きし》む自転車の音に、しだいに息がつまりそうになった。蟾津江を渡ったら、軍部隊の駐屯地を過ぎたら、一息つけるだろう。川までは下り坂だった。

叔父の自転車が私を追い越していった。やがて自転車が見えなくなった。

「アリ」

叔父が小屋で私を呼んだ。

「喉も渇いたし、これでも食っていかないか」

幼い頃、父と町に行く途中、船を待っているあいだによくスイカを食べた、遠い親戚のスイカ畑だった。急に涙が込み上げてきた。喉は干からびるほどからからだった。私は蟾津江《ソムジンガン》と陽井《ヤンジョン》原っぱ、町が一目で見下ろせる小屋に座り、叔父と無言でスイカを一玉食べた。叔父は強いタバコの煙を吐きながら、ぼんやりと町の方に視線を向けていた。

「あの道は果てしなく続いているんだ」

そうか、叔父も私のようにここを出ていこうと思ったことがあるんだな、と思った。でも、この道を歩いて出ていこうとしたの？　なのにどうして留まったの？　とは訊けなかった。いや、訊かなかった。訊かなくてもわかるような気がした。私たちは帰る帰らないと揉めることもなく、何事もなかったかのように来た道を引き返した。叔父はわが家の前で自転車を止め、私が降りるのを待った。饐《す》えたにおいがぷんぷんする叔父の背中を離れるのがなんだか寂しかった。これが身内のにおいなのだろうかと思った。私を連れ戻すためにかいた汗のすっぱいにおいが、温かくもあり、厭わしくもあった。

私を追い越して自転車を止めた叔父のように、私もその人を追い越して行く手を遮った。やはり叔父だった。私は黙って叔父の腕を引っ張った。わずか二、三秒で、叔父の腕がおとなしくなり私についてきた。今日もあの日のように陽射しが強く、叔父の体からは饐えたにおいの代わりに酒のにおいがぷんぷんしていた。

接客室に入るなり、目ざとい一番上の従姉が大騒ぎをしながら駆け寄ってきた。

「まあ、叔父さん！　本当によくいらした。よかった、来てくれて！」

従姉たちが一斉に集まってきて、叔父を連れて中に入った。叔父の体は従姉たちとあまり変わらなかった。もともと痩せてはいたが背はひょろっと高かったのに、めっきり縮んでしまったようだ。あの夏の日、叔父がつぶやいた言葉が、忘れていたはずの言葉が、急に記憶の表面に浮かび上がってきた。人間は二つの荷を同時に背負うことはできないんだよ……。蟾津江の見える下り坂で自転車にまたがり、叔父はたしかにそう独りごとを言った。つまりその日、叔父は私の背に二つの荷があるのを見たのだ。自分も生涯背負ってきたであろう二つの荷を。その荷が重すぎて、叔父は出ていくことも生きることもできないまま、酒に酔って一生を無駄に送ったのだろうか。私は生き残った父のただ一人の兄弟のために、焼酎を取り出した。どのみち酒に捧げたこの人生、今日一日ぐらい酔っ払ったってかまわないじゃないか。その元凶が逝った日なのだから。

★

喪主が娘一人しかいないわりには弔問客で賑わっていると、ファン社長は自分のことのように喜んだ。たまにのぞきにくるだけのファン社長は知らなかった。弔問客は多くも少なくもなかった。パク先生やサンウクさんのように一日に何度も出たり入ったりする人や、ずっと居座っている人が多いだけだった。父の友人だけではなかった。私の友人も多くはなかったけれど、帰らずにずっと座っていた。おかげで接客室は常に人であふれていた。妙なところが似ている親子だ。

　いとこたちのテーブルが三つ、母方の親戚のテーブルが一つ、父の昔の同僚のテーブルが二つ、親鳥が餌を運ぶようにパク先生が世話をする三五《サモ》同窓生と求礼《クレ》の住民たち、互いに顔見知りの場合もなくはないが、たいていは知らなかった。それが父の生きた歳月だった。三五同窓生たちとは小学校のときからのつきあい。パルチザンたちとは青春をともにし、谷城《コクソン》カトリック農民会や求礼民主労働党の人たちは、父が出所したのちに紡いだ縁だった。

生涯、軍人として教練の教師として、そして朝鮮日報の愛読者として生きたパク先生のような人と、パルチザンの同僚たちは、父以外になんの接点もなかった。いや、かつて銃を向け合った間柄だ。長年父と心を通わせた仲でも、決して越えられない壁があった。この国の縮小版を見ているようでもあった。ただ彼らは、いわゆるこの国の保守派と革新派とは違って、声を荒らげて糾弾することなく、互いに立ち入らずに自分たちのやり方で父を追悼しているところだった。妙に平和だった。ひょっとしたら死によってこそ可能な平和なのかもしれなかった。いずれにせよ父の葬儀は、適度に慌ただしく穏やかだった。

夕方、叔父が私を呼んだ。酒を飲み続けているわりには酔いを感じさせなかった。

「どこに埋葬するつもりだ？」

「火葬して樹木葬にしようかと思います」

すると叔父は酒のコップをテーブルにバンと置いて、声を荒らげた。

「自分の土地があるのに火葬だと!?」

「もう、叔父さんたら。忘れたの？　土地っていっても田んぼだから墓は建てられないけど、アリが結婚するからって売り払ったじゃないの」

一番上の従姉は出しゃばったかと思うと、次の瞬間うめき声を出した。二番目の従姉が太腿をつねったのだ。

「もう二十年も昔のことなんだから、話したっていいじゃない！」

むしろ一番上の従姉が腹を立てた。二番目の従姉はしかめっ面でその話を遮り、私の顔色をうかがった。

そんなこともあった。もうずいぶん前に。大学の頃から八年間つき合った先輩がいた。裁判官になるのが夢だった彼を、父はとても気に入っていた。長い休みに入ると、彼は自分の家のようにパンネ谷のわが家にやってきた。法律関連の本をどっさり持ってきて、休みのあいだじゅう過ごすときもあった。パンネ谷に住む親戚たちは、彼のことを婿扱いするほどだった。

大学を卒業した日、父が私を呼んでこう言った。あいつは大事を成す男だ。おまえが身を引いてやれ。大事を成さんとする者がアカの婿になったら、その日から自由を奪われる。恋愛だけならかまわないが、あいつの人生を台無しにするわけにはいかんだろ、と。自分のことをアカと呼び、アカの娘である私に恋人が大事を成せるよう別れろと言っているのだ。私はまだ結婚など考えていなかった。その頃は両親とうまくいっていたのだが、そう言われてまた反抗心が生じた。だから意地でも別れなかった。つき合って五年が経った頃には、ただ頑なになっているだけではないかと思ったりもした。

　彼は裁判官になるのをあきらめて弁護士になった。そしてつき合って八年目、私にプロポーズをした。初めて彼の家にあいさつに行った日、彼は慎重に、両親の話はしないでおこうと言った。私はなぜそこまでして結婚するのかわからなかったが、約束どおりなにも言わなかった。結婚の話は滞りなく進んだ。両家の顔合わせをし、式場を決め、招待状を送った。事件が起こったのは結婚式の前日だった。彼の家に一晩泊まって一緒に式場に向かうことになっていた友人が、酒に酔った勢いで彼の両親に事実を告げたのだった。

　その友人は驚いたあまり、震える声で私に電話をかけてきた。午前零時。親か女かどちらかを選べと、彼の父が包丁を自分の首に当てているという。そのそばで彼はただただ泣いているらしい。こんなお涙頂戴劇があろうか。すべては私が取り計らった。午前零時を過ぎた時間に、電話で理由のいかんを問わず結婚の取り消しを宣言し、その後二度と彼には会わなかった。悔しくはなかった。むしろ晴れ晴れした。父の言ったとおりだ。彼の気持ちはどうであれ、私は彼の足を引っ張ったという罪悪感に苛《さいな》まれながら生きたくなかった。そんな生き方をする必要もなかった。私は若かったし、時代は変わったし、人生の選択肢がいくつもあった。その道に終わりがなかった叔父の時代はとっくに終わっていた。私はすっかり忘れていたそんなことを思い出した。ともあれ、パルチザンの娘として生きるのはこんなにも波瀾万丈なのだ。

結婚式の違約金を払って多少の損失はあったが、数百坪の田んぼを売った金はそっくり残り、私が部屋を借りるときの保証金になった。考えてみると親がパルチザンだったおかげだ。その元手がなかったら、ソウルで部屋一間借りるのも無理だったのだから。

「もちろん知ってるさ！　だが土地もあるし、身寄りのない寂しい人間でもない。火葬することはないだろ！　さっき見たらマッチ棒みたいに痩せおって、あれじゃ燃えやしないぞ」

「まあ、叔父さん、よく決心なすったわ。じゃあどこがいいかしらね。考えてるところがあるの？」

また一番上の従姉が出しゃばった。

「いまみたいに先祖の墓があちこちに散らばっていては、墓参りが大変だ。この際、家族墓を作ろうと思う。こんなに早く逝くとわかっていたら、もっと急いだんだが。とりあえず土地は確保してある。まずは先祖の墓から移すとしよう……。いったんうちの栗畑の隅にでも埋葬しておいて、一、二年のうちに家族墓を作ってから移すのはどうだろう」

やはりこの世はわからないことだらけだ。まともに生きたことのない叔父がこれほどしっかりと死に支度をしていたとは、意外だった。

「アリ、叔父さんがせっかく言ってくれているんだから、そうしましょ。なんといっても血のつながった者同士、一緒に埋葬されるのがいいからね」

父は血のつながった者同士、仲良く埋葬されたいだろうか。パンネ谷に帰ってきて暮らしながら、親族のことなら真っ先に駆けつけた父を思うとそうかもしれないし、骨の髄まで唯物論者だった父を思うとそうではないかもしれない。父の気持ちはわからないが、私は……白雲山《ペクウンサン》で樹木葬にした方がいいと思った。父が逝き、母も逝ってしまったら、私がパンネ谷に来ることはないかもしれない。両親がいなくなったら、いとこと言えども赤の他人だ。めったに帰ってこられない私の代わりを親戚に任せるわけにはいかない。

「父の望みどおりにしてやりたいです」

「おまえの父親は生きているときも、身内に背を向けて同志のもとに行ったが、死んでも同志のことしか考えんのか！」

叔父は大声を上げたかと思うと、すっくと立ち上がった。父が身内に背を向けて行った同志たちが何事かと、私たちの方を見ていた。

「おまえの父親だ。勝手にしろ。俺の兄貴だったことが一度でもあったか？」

私の代わりに一番上の従姉が慌てて叔父を追いかけていった。

「アリが言いたいのはそういうことじゃないんだって。一人娘が嫁にも行っていないし、あの潔癖な性格からして、人様に迷惑をかけたくないんでしょうよ」

嫁にも行っていない一人娘の胸に、従姉の言葉が刃のように突き刺さった。突き刺さるときに気づいた。私はどうしようもない父の娘であることに。身内に背を向けて社会主義に身を投じたとき、行くなと哀願する家族の手を振り払ってパルチザンになったとき、父はこんな気持ちだったのではないか。最初の一歩は重くても、山が深まるにつれ足取りはしだいに軽くなったのではないか。父は本当に、冷静な合理主義者だったのだ。私は初めて、私と似た心のひだを持つ父を、心から理解できるような気がした。

★

父のパルチザンの同僚たちは夕食を済ませると、押さえておいたホテルに向かった。年老いた体で一日じゅう座っているのも楽ではなかったはずだ。彼らを送っていったハクスが一人、大股で帰ってきた。

「休んでいればいいのに」

午後八時。ソウルからの弔問客と老人たちが去ったあとの接客室は、ようやく静けさを取り戻した。従姉たちは壁にもたれてうとうとしていた。彼女たちももう若くはなかった。今日は家に帰って休んでもらった方がよさそうだった。

「じいさんたちが寝入ったら、俺一人退屈なんだよ。お父さんにも会いたかったし」

テーブルに座ったハクスは、いつになく空酒《からざけ》を飲みはじめた。焼酎を一杯飲み、父の遺影を一回見る。ハクスはしみったれた家の天井に吊るされた塩辛いイシモチでも見るように、父の写真を肴にして酒を飲んだ。私はトトリムクと茹で豚を彼のテーブルに置いた。彼は私と父のように、茹で豚には箸をつけなかった。食べ物の好みが私たちと似ているのかと思い、ぴりりと辛いシシトウの煮込みを差し出した。一口食べた彼が、ごくごくと水を飲み干した。辛いものは苦手らしい。やはり他人は他人なのか。彼は焼酎一本をたちまち飲み干すと、酒気を帯びていない目で私を見据えて言った。

「お父さんは初め、俺をユン・ハクスさんって呼んでたんだ。さん付けはやめてくれっていくら頼んでもやめなかった」

数年後、父はユン君と呼ぶようになった。例の生スケトウダラ事件が起こる前だった。

「いつからハクスって呼ぶようになったと思う？」

そんなこと知るわけがない。私はいつも忙しかったし、それなりに気遣いはしているつもりだったが、めったに家に帰ってこなかった。その頃ハクスは、一週間に一回は父に会いにいった。

「いつだったか、お父さんのこっちの頬に傷跡があるんだよ。どうしたのって訊いたら、自転車で転んだんだって。でもどう見たって、転んでできた傷じゃないんだよな。間違いなく殴られた跡だった」

誰かに殴られたのだと確信したハクスは、憤然として立ち上がった。彼は銀行に走っていき、一万ウォン札を五十枚下ろした。それを二十万と三十万に分けて封筒に入れ、村の老人亭《ジョン》（高齢者のための憩いの場）に駆けていった。その時分、父はそこによく顔を出していたらしい。私は知らなかった。てっきり三五《サモ》時計屋に通いつめているのだと思っていた。

驚いた父は、自転車に乗ってハクスのあとを追いかけた。勢いよく老人亭のドアを開けたハクスは、両手を腰に当てて大声で叫んだ。

「誰だ！」

数人ずつの組に分かれて十ウォンを賭けた花札をしていた年寄りたちが、ハクスの声に驚いて振り返った。ハクスは身長一八五センチ、ヒマラヤ登攀《とうはん》とダイビングで鍛えたたくましい体軀の持ち主であるうえに、かつて将軍に憧れて陸軍士官学校に進学するつもりが、会ったこともない父親の末の弟が麗水《ヨス》・順天《スンチヨン》事件のときに行方不明になったという理由で断念した、男の中の男だった。求礼《クレ》のような町ではめったにお目にかかれない堅強な体に驚いた年寄りたちが、啞然としてハクスを見上げているあいだ、自転車で追いかけてきた父が息せき切って現れた。ハクスは父を自分の前に立たせた。

「うちのお父さんをこんな目に遭わせたのは誰だ。いくら年寄りでも容赦しないぞ。足をへし折ってやる」

　そんなハクスを初めて見た父も息を呑んだ。

「誰だ⁉　名乗り出ろ」

　年寄りたちがひそひそ言い合った。

「誰だ」

「息子じゃないか？」

「息子？　娘一人しかいないはずだが」

「なら婿か？」

「まさか。娘は勉強ばかりして、婚期を逃した処女だって聞いたぞ」

文字どおりの処女ではないが、結婚はしていないので、まあともかく。

「じゃあ誰だ」

「隠し子だろ。お父さんって言ってるしな」

こそこそ囁き合っている年寄りたちを睨みつけ、ハクスはふたたび声を張り上げた。

「うちのお父さんをこんな目に遭わせたのは誰だ！　知っていたら教えてくれ」

ハクスが左ポケットから二十万ウォンの入った分厚い封筒を取り出し、高く振りかざした。

「教えてくれた人には、たっぷりと礼をさせてもらう。誰だ。どこのどいつの仕業だ」

すると一人が手を挙げた。

事情はこうである。町内事務所の付近には柿の木がたくさん植わっている。それを老人亭のメンバーで取ってもいいという許可が下りた。長竿もなかったので木に登って柿を取ろうとした父が、アスファルトに落ちて顔をぶつけたのだ。それを聞いたハクスはますます腹を立てた。

「ちくしょう！　あんたたちはいったいなにやってたんだ。なんでうちのお父さんが木に登るんだ！」

私も驚いた。父ではなくハクスに。何度か会ったことはあったが、ハクスはとても穏やかな人だった。罵声を浴びせるとは意外だった。

「誰も登れとは言っちゃいない……」

あちこちで年寄りたちが頷いた。そりゃそうだろう。父は誰かの言いなりになるような人ではなかった。自ら買って出たのならいざ知らず。手のひらで踊らされるタイプではないことぐらい、ハクスだって知らないはずはなかった。にもかかわらず、ハクスは怒り狂った振る舞いを躊躇《ちゅうちょ》しなかった。私はハクスの気持ちが手に取るようにわかったが、行動に出たことはなかった。

父が求礼《クレ》で一番高級なマンションの管理人を務めていた頃、朝の弁当を届けに行ったことがあった。息子ぐらいの年代の男が父を怒鳴りつけていた。夜のあいだに誰かが自分の車のバンパーに傷をつけたという。高い給料をもらっているくせにちゃんと働けと、犯人を捕まえるなりそっちが弁償するなりしろと、大声でわめきたてていた。胸の中にふつふつと怒りが湧いてきたが、私はその現場に割り込む勇気がなかった。うなだれている父の後ろ姿を見ていられなくて、来た道を引き返した。私はなぜハクスのように助け舟を出さなかったのか。

偉大なる革命家である両親は、平俗な日常に左右されるはずがないとでも思っていたのだろうか。それとも私にはそんな金も度胸もないから、わざと見て見ぬふりをしたのだろうか。それほど世事には疎くないと自負していた私だけれど、本当はなんにも知らなかったのかもしれない……。

その日、ハクスは高く掲げた二十万ウォンを老人たちになげうった。そしてさらに分厚い封筒を、彼らが見ている前で父のポケットに突っ込んで言った。

「お父さん、なにかあったら、真夜中でも明け方でもいいから連絡ください。俺がすぐさま駆けつけて、カタをつけてやるから！」

父はいつものように表情のない顔で何度も頷いた。自転車を押して帰る途中で父が言った。

「ハクス」

父に初めて名前を呼ばれて、ハクスは子どものように喜んだ。父と知り合って十年余り経っていた。

「一緒に飯を食おう」

父はいつもと違って、家にハクスを連れて帰った。何度か一緒に食事をしたことはあったが、家で食べたことはなかった。脊柱管狭窄症を患っているうえに、誰か客が来たら接待用の皿を取り出してもてなさずには気がすまない母を思いやってのことだった。その日、父はハクスにも焼酎をコップになみなみ注いでやった。

「その日、お父さんが家で酒を飲むのを初めて見たよ。そりゃうれしそうだった」

父はどんな娘を望んでいたのか口に出して言ったことはなかったし、私のここが不満だとか足りないとか言ったこともなかった。しかし父はその日、幸せだったと思う。教養もへったくれもないやり方だが、それはまあともかく、自分にはこんな頼もしい息子がいるのだとみんなの前で立証したのだから、幸せだと思わない父親がどこにいるだろう。

ハクスは老練な人だ。父と同じように焼酎をコップに注いで飲んでいるハクスを見ながら、そんなことを思った。ハクスはいま思い出を語るふりをしながら、実はおまえは何様のつもりなのかと私を懲らしめているのだ。おまえはいったいどんな娘だったのかと。

どんな娘なのか、どんな娘であるべきなのか、考えたことすらなかった。肝心なのは誰の娘なのかだ。パルチザンの娘という泥沼から抜け出すことに、私はこれまでの人生を捧げてきた。いまもなお足掻《あが》いているところだ。パルチザンの娘という言葉には、両親が〝パルチザン〟だという前提がある。娘が両親に期待するところがあるように、親の方にも娘に対して期待があったはずだ。そんなことを考える余裕もないほどパルチザンの娘という羈絆《きはん》にがんじがらめになっていた、と私は言い訳でもしたかった。でも、言い訳したところで父はもういない。私はその機会すらも失ってしまったのだ。そのことが悲しくて、私は初めて声に出して泣いた。父のためではなく、自分のために。父を送り出すこの期に及んでも、私はこんなしがない娘だ。そんな私を、赤の他人のくせに実の娘よりもずっと家族のようだったハクスが、父に似た表情のない顔で、冷ややかな目で、見ていた。

★

夜も更けた。葬儀場にいるのは私と父だけだ。ここに残ろうかと言ってくれる人もいたけれど、みんな帰ってもらった。最後までいたハクスも、一人で大丈夫かと少し優しくなった眼差しで訊いたが、私が頷くと帰っていった。人口二万七千人の求礼《クレ》は死ぬ人も少ないのか、今日この葬儀場に運ばれたのは父だけだった。だから、ここには私と冷凍庫の中の父しかいない。父が出所してから初めてのことだ。怖くはなかった。

父が出所したのは一九七九年八月十五日。母と私はその日、明け方から光州刑務所の前で父が出てくるのを待っていた。朝早く出てくるはずだった父は、プラタナスの影が手のひらほどになるまで姿を見せなかった。わが家と似た、ひょっとしたら少し違う、人には言えない事情のある人たちが、涙をぬぐいながら一人二人と去っていき、正門の前には母と私だけが取り残された。喉は渇き、お腹も空いていた。母はもう何時間も背筋を伸ばしたままだった。どこかでご飯でも食べてこないかと言おうとしたそのとき、ずっしりと重い鉄門が不気味な音を立てながら開いた。頭を剃った、いかにも囚人らしい、目だけを爛々と光らせた男が、ゆっくりと私の方に歩み寄った。私は目を逸《そ》らした。いま思うと、わずか五年だ。だがそのあいだに小学四年生だった私は中学三年生になり、膨らんだ胸にブラジャーをし、生理も始まった。目の前に現れた父は、見知らぬ人のようだった。父は私をがばっと抱き寄せた。私は案山子《かかし》のように父に抱かれたまま、暑くて死にそう、お腹が空いた、喉が渇いた、なんてことを考えながら決まり悪さを和らげた。そのとき、父は実感したはずだ。私たちのあいだに果てしない距離ができたことを。

その日、私たち家族は求礼で知人たちとチャジャン麵を食べ、誰が思いついたのか知らないが一緒に写真館に行って、コ・サンウク出所記念という大きな文字が入った写真を撮った。父の隣に立っていた私は死ぬほど気まずくて、膨れっ面をして宙を見つめていた。もちろん父はそのときも、どこを見ているのかわからない目でどこかを凝視していた。

翌日、母は海苔巻きを作り、マクワウリをいくつかとぶどうを用意した。私たちが行ったのは燕谷寺《ヨンゴクサ》前の渓谷だった。なぜそこだったのだろう。父はまたしてもパンツ一丁になって冷たい川の中に飛び込み、私は気恥ずかしくて、父に背を向けたまま絶え間なく流れる川の水を見つめた。それが最初で最後の家族旅行だった。初めてだったのはともかく、最後になったのはおそらく、その日、息がつまりそうなほど気まずい思いをしたからだった。

父が出所してから数日間、私たちは一言も口をきかなかった。とくに意識すらしていなかった。もともと父は誰彼かまわずしゃべり、テーマさえ決まったら何時間だろうと喜んで話をする人だった。以前は私に対してもそうだった。気まずいのは私だけではなかった。いつの間にか成長した娘に、父もどう接したらよいのか戸惑っていた。なにをどう話せばよいのかわからなかったのだ。

父と娘の奪われた五年は、永遠に回復しなかった。日常はしだいに元の状態に戻っていった。ただ、刑務所に入る前のような親密さは取り戻せなかった。私はいつも、かつての日々が切ないほどに懐しかった。父が私を自転車に乗せて、必死でペダルを踏んだある秋の日。遅刻したと思っておんおん泣きながら走り込んだ教室には、午後の陽射しが静かに沈んでいた。昼寝から覚めた私にもう朝だよと冗談を言って当惑させた父が、ぷんぷん憤っている私の手に、陽だまりのように美しい紅玉を一つのせた。歯がしみるほど甘酸っぱい紅玉をかじりながら帰ってきた道の脇には、背の高いコスモスが秋の風に揺れていた。

　また別の懐かしい日のこと。市に出かけた母の代わりに、父がかまどに火をくべていた。母はおこげを作るとき、米を惜しんで薄く引き延ばしたが、父は長い時間をかけ、弱火で厚めのおこげを作った。父がボールのように丸めて私の手に握らせてくれたおこげは、私の顔ほどに大きかった。母の分を温かい床の上に置いてから、父は私をひょいと抱き上げて肩に乗せた。父に肩車をしてもらって母を迎えに行く途中、ぼたん雪が降りしきるときもあれば、蛍の光がきらめいているときもあった。私は父と一緒にいる時間が楽しくて、母が遅く帰ってきたらいいのにとか、まだ村の分かれ道辺りにいればいいのにとか思ったものだ。

　私の願いが叶ったのか、母がとりわけ遅く帰ってきた日があった。私と父は村の分かれ道まで迎えに行った。一時間余りかかる道のりだったが、父は一度も私を肩から降ろさなかった。分かれ道を少し過ぎたとき、突然、目の前がぱっと明るくなった。

「あそこがどこだか知ってるか？」

　もちろん知らなかった。真昼のように明るい夜は初めてだった。

「ウンアム洞《ドン》だ」

ウンアム洞《ドン》には私の好きな母の末の弟が住んでいた。私はうれしくて、父の肩の上で尻を揺らした。

「叔父ちゃんはどこ？」

「ほうら、あそこだ。右の方に一番明るい光が見えるだろ？　あそこが叔父ちゃんの家だ。よく見てごらん。叔父ちゃんが頭に白いはちまきを巻いて勉強しているよ」

どんなに目を凝らしても、はちまきを巻いて勉強している叔父は見えなかった。真っ赤な嘘だとは露知らず、私は目を細めたり大きく見開いたりしながら、必死で叔父を見ようとした。

「アリも叔父ちゃんみたいに勉強して、ソウル大に行くよな？」

「うん！」

細めた目のあいだに、灯りを背に大きな荷物を頭にのせた母の姿が見えた。荷物がよほど重いのか、足元がふらついていた。父は慌てて私を肩から降ろし、母の方へ駆けていった。私を捨てて母のもとに行ってしまった父が恨めしくて、私は喉が張り裂けんばかりの声で泣きじゃくった。喉にひっかかったおこげも吐き出して、悲しげに泣いた。母が背中を差し出しても首を横に振り、結局、片手に母の荷物を持った父が私をおぶった。私はそれでようやく泣きやんだ。歩くたびに揺れる背中を子守唄代わりにし、そのうちすうっと寝入った。やがて片手で私を支えていた父が、ずり落ちないように私の腰を持ち上げた拍子に、ふっと目が覚めた。

「他の家の子たちは母親が一番なのに、うちのアリはあんたが好きなんだね」

「もちろんさ。うちのアリは俺が一番だ。母親より父親だ」

「よかったね、一番で」

「なんでかわかるか？」

「あんたがいつも遊んでやってるからよ」

「いや、俺の作るおこげの方がでかいからだ。アリはおこげが大好物だからなあ」

違うよ、おこげを作ってくれなくてもお父さんが一番だよ。寝ぼけてそうつぶやくと、父はハハハと、賑やかな星空のようにのけぞって笑った。

切ないほどに懐かしい、という言葉は私にはふさわしくない。刑務所にいた父こそ、そんな時間を切ないほどに懐かしんだはずだ。私はそのことに父の葬儀で初めて気づいた愚かな娘だ。お父さん。聞こえるはずもない、いかにも唯物論者らしく心の欠片も残さず去っていった、光の悪戯でしかない遺影の中の父に向かって、私は呼びかけた。もちろん返事もなければ、いかなる波長も感じられなかった。なのに不思議だ。遺影の中の父が、二日間見続け、ほんのさっきも見た遺影の中の父が、急に懐かしい日々のような親密さを帯びてきたのだ。父は死によってようやく、パルチザンではなく私の父に、仲良しだった幼い頃の父に戻ったかのようだった。死んでもおしまいではないらしい、と私は思った。生は死によって、誰かの記憶の中によみがえるものなのだと。ということは、和解や赦しもまた可能なのかもしれなかった。

　夜が更け、頭はさらに冴えてきた。心は……いつのときよりも静かで凪いでいた。私は冷静な合理主義者である父の娘なのだから。もうじき父の、この世での最後の日が始まるのだから。

★

　東の空が白んできた頃、川の向こうの智異山《チリサン》は青黒い闇に包まれていた。行き交う車もないアスファルトの道路も青黒かった。その道のどこからか、泣き声とも歌声ともつかない声が聞こえてきた。便所から出てきたときだった。私は声のする方に歩いていった。葬儀場の事務所の裏側に差しかかったとき、声の正体が明らかになった。私を呼び寄せたのは歌声だった。

広い広い海辺にあばら家一つ
漁師の父と幼い娘が暮らしていた

うずくまった二人の女性が肩を寄せ合って、「いとしのクレメンタイン」を泣くように口ずさんでいた。「いとしのクレメンタイン」は私が初めて覚えた歌だ。音痴だった父に教えてもらった。小学校に上がって初めての音楽の時間に、先生に言われて得意になって歌ったところ、クラスのみんなに笑われた。私はその歌を、父の肩に乗って夜遅く母を迎えに行くときに覚えた。後日、元の歌の悲しい由来について知った。ゴールドラッシュの頃、金鉱を探し求め娘と一緒に大陸を横断していた男が、カリフォルニアの峡谷に定住した。男は娘を幸せにするために、懸命に金《きん》を掘った。そんなある日、娘のクレメンタインが渓谷に落ち、川の急流にのまれてしまう。姿をくらました娘を父親が血眼になって探す悲しい歌だ。二人の女性は、六歳の私と同じように調子外れな声で「いとしのクレメンタイン」を歌っていた。

いとしい、いとしい、いとしい私のクレメンタイン
老いぼれた父を一人残して、どこに行ってしまったのか

歌と違っていなくなったのは父の方だが、会えないのは私も同じこと。夜ごと鉄格子の中で「いとしのクレメンタイン」を歌う父の姿が目に浮かんだ。父はなぜよりによって、掃いて捨てるほどある歌の中で「いとしのクレメンタイン」を教えてくれたのだろう。病気による仮保釈だったので、また別れることを予感していたからだろうか。

私の気配を感じたのか、歌がぷつりと途切れた。一人が立ち上がり、私の方に近づいてきた。黄色い髪が目に留まった。そういえば電話番号だけ教えて、まだ名前も訊いていなかった。

「こんな時間にどうしたの……」

少女は一緒にいる女の人に、お母さんと呼んだ。父がアメリカに勝った偉大なる民族だと言った、ベトナム人の母親のようだった。

「お母さんが、誰もいないときにじいちゃんにあいさつしたいって。でも灯りが消えてたか

ら」

父のお節介は求礼《クレ》のどこまで広がっているのだろう。血筋は争えないものだ。ふっと笑ってしまった。

「弔問に来たんだったら、ノックすればよかったのに。みんな疲れてるから帰ってもらって、誰もいないの。さあ、入って」

少女と母親は手をつないで弔問室に入った。消してあった電気を全部つけた。明るい照明の中に父の顔が浮かび上がった。アメリカとの戦いに負けて反逆者になった父の葬儀に、アメリカと戦って勝ったベトナムの女性が訪ねてきた。父が小躍りして喜びそうだった。

女性は突然ついた灯りに戸惑っていたが、やがてうなだれた。跪いて弔問をしてから立ち上がった彼女の右の頬とうなじに、くっきりと手の跡があった。移住民女性によく見られる不幸な家庭事情が、この女性にとっても例外ではないようだ。世界で唯一、アメリカに勝った偉大なる民族の哀しい現状だった。

「お姉ちゃん、ご飯もらえる？」

少女がいきなり訊いた。母親がそっと少女の袖を引っ張った。

「しょうがないじゃん。いま帰ったらまた殴られるんだよ」

少女が母親にそう言い捨てると、傍のテーブルにどすんと腰を下ろした。それから自分の家のように、焼酎を冷蔵庫から取り出した。母親が泣きそうな顔で焼酎を取り上げようとした。

「あたしが飲むんじゃないよ！　お母さんにあげるんだよ！　酒でも飲まなきゃやってらんないよ。怒りがくすぶってるときは酒が薬になるって言ってたじゃんか、じいちゃんが」

　年寄りくさい話し方だと思ったら、父の口調を真似ているのだろう。少女が焼酎をとくとく注いで、母親の前にどんと置いた。私はすばやくご飯とユッケジャンをテーブルに運んだ。おそらく夕飯も食べていないのだろう。母親がため息をついて焼酎のグラスを持ち上げると、少女はそっとグラスを取り上げ、その手にスプーンを握らせた。

「まずは胃になんか入れてから」

　母親がご飯をユッケジャンに入れて口に運んでいるあいだ、私は他のおかずを運んだ。彼女がぺこりと頭を下げた。偉大なる民族らしく礼儀正しかった。夜明け前に弔問に来てご飯を食べさせてくれと言う母と娘の事情が気になったが、初対面であれこれ尋ねるわけにもいかなかった。父は事情を知っていただろうし、だから勇気をふりしぼって父を信頼したのだろう、とだけ思うことにした。「いとしのクレメンタイン」を誰に教えてもらったのか訊こうかと思ったが、やめた。見知らぬ人の事情を酌みたくても、朝がもうそこまで来ていた。それに今日はやるべきことが多すぎた。

酒を数杯飲み干し、母親の顔色は明るくなった。青白かった顔が明るくなると、くっきりついていた手の跡が少しは薄れた。固く閉ざしていた口も開いた。

「すみません、初対面なのに……」

彼女の韓国語は流暢で、しかも標準語だった。目ざとい娘が口を挟んだ。

「うちのお母さん、大学で韓国語を専攻したインテリなんだよ。あたしとは違って」

インテリという言葉も、どうやら父を真似ているようだった。

「あんたも大検受けて、大学に行けばいいでしょ」

彼女が娘のぱさぱさの黄色い髪を優しく撫でながら言った。

「いつもじゃないんです……本当はいい人で……すっかりご迷惑をおかけしました」

「いい人だって⁉　いっつも殴ったら悪人で、一年に一度だったらいい人なの？　じいちゃんが言ってたじゃんか。女に手をあげるやつは最低ヤローだって！」

少女にとって私の父の言ったことは、資本論か聖書のようなものなのだろうか。

「誰にもどうしようもない事情ってものがあるんだから。父さんをあまり憎まないで」

まるで生き返った父が話しているようだった。

「じいちゃんもお母さんも、いっつも事情、事情って！　あああ！」

少女がもう聞きたくないというふうに耳をぱたぱた叩いた。それもまた父の前で私が時折やっていた仕草だった。この子みたいに可愛く叩きはしなかったけれど。父の言ったことに文句をつけるのを見ると、絶対的に信じているわけではなさそうだった。幸いだった。その方が父の死を少しは受け入れやすいだろうから。

母親は焼酎瓶を半分ほど空けると、憔悴《しょうすい》しきった様子で壁にもたれてうとうとしはじめた。少女が自分の上着を脱いでかけてやった。

「お姉ちゃん、ちょっと休んでいってもいい？　あの男、そろそろ酔っ払って寝ると思うんだ。その隙に忍び込めばいいから」

「喪主の休憩室が空いてるから、そこでゆっくり寝たらどう？」

少女がかぶりを振った。

「もうすぐ店を開けなきゃ。目の前にコンビニができたから、うちも朝早く店を開けないと。お得意さんをとられてしまうんだ」

「店はおばあさんがやってるんじゃなかったの？」

「交通事故でお尻の骨が砕けて、もう三か月も経つのに、まだ入院中。店はばあちゃんの代わりにお母さんがやってる。そしたらあの男、昼間っからばあちゃんの賠償金の通帳を出せって暴れるんだ。もらえるなんて思ってもなかったけど、じいちゃんがあちこちに連絡してくれたおかげで手に入ったってのに……。ばあちゃんが、あたしが美容院を構えるときの足しにするから、絶対に誰の手にも渡さないって……」

おそらくハクスもその大事な賠償金を手に入れるのに一役買っているはずだ。世の中は広いようで狭い。ハクスは少女の顔を見ても、自分が力を貸したおばあさんの孫だとはわからないだろう。父がこの小さな世界につくりあげた目の詰まった網が、まるで実際に存在するかのように目の前にくっきりと浮かび上がった。

「ばあちゃんとお母さんと三人で暮らせたらいいな。ほんと、そうなればいいのに……。じいちゃんがいたらもっといいけど……。じいちゃんがもういないなんて信じられない」

少女が拳でさっと音もなく涙をぬぐった。さらに何度か涙をぬぐってから、母親の肩に黄色い頭をもたせて深い眠りについた。私は喪主の休憩室から薄い布団を持ってきてかけてやり、壁と肩のあいだに布団の端を挟み込んだ。体を動かしても落ちないように。この二人は誰よりも父の死を悔やんでくれる大切な弔問客だから。

白い布団にくるまれた二人は、幼い頃に見た白い繭のようだった。黎明が深い闇を徐々に押しのけ、夜が明けようとしていた。

★

予約してあった十一時に間に合うように火葬場に到着した。ところが父の順番は十二時が過ぎてもまわってこなかった。私は電光掲示板に表示された故人の名前が変わるのをじっと見ていたが、やがて事務所を訪ねていった。申し訳ないと言う職員の顔に、申し訳なさそうな気配はまったくなかった。

「奇妙でしょ？　お客さんでいっぱいの日もあれば、がらんとしている日もある。みんな一人であの世に行くのは嫌なんだな。一緒に行こうって口裏を合わせたみたいに、一度に押しかけてくるんですよ。今日はみんな仲間がいて寂しくないんだとでも思って、もうちょっと待ってもらえますかね。急がせても無駄ですしね。一番手が遅れたせいで、ずるずると遅れているんですよ。かといって、焼いている途中でやめるわけにもいかないでしょう」

葬儀場も火葬場も客はみんな故人だ。寂しい仕事というべきか、よい仕事というべきか。

たしかに職員の言うとおりだ。急がせても無駄だった。

火葬場の裏手で、教え子たちが隠れてタバコを吸っていた。彼らは大学一年生のときから私の前ですぱすぱタバコを吸うのはもちろん、スリッパを引きずりながらやってきて、ちょっと火を貸してもらえます？　と言うような輩《やから》だった。知り合ってから十五年。彼らはもう隠れてタバコを吸うような年齢ではなかった。

「二十歳の頃から堂々と年上の前で吸っていたくせに。どうしたのよ。急に行儀よくしちゃって」

そのうちの一人が中指でタバコの灰を弾き飛ばし、ふっと笑った。

「みんな相当な年寄りだからなあ」

また別の一人がみんなの吸い殻を受け取り、空のタバコの箱に入れながら言った。

「ったく、どっかの遺物館にでも来た気分だぜ。聞いたか？　先生がこの子《エギ》って呼ばれてるの。この子だってよ。先生がこの子なら、俺たちはなんだ？　精子か？」

彼らはクックッと息を潜めて笑った。彼らなりのやり方で慰めてくれているのだ。そのうちの一人がタバコを一本、私に差し出した。

両親にタバコを吸っているのが見つかったのは大学四年生のときだった。その年の夏、私はパンネ谷から一歩も出ずに、これが最後だと覚悟を決めて新春文芸（年明けに各新聞社が新人作家を発掘する目的で公募する文学賞のこと）に臨んだ。十分買っておいたはずのタバコが途中で底をついたが、パンネ谷に店などなかった。タバコを一つ買うために炎天下を歩きたくはなかった。この際タバコをやめようかと思い、どうしても吸いたくなったら父の青磁《チョンジャ》タバコをこっそり一本失敬した。ドアもないわが家の便所は、密《ひそ》かにタバコを吸うのにちょうどよかった。田舎の便所特有のにおいがタバコのにおいをかき消してくれたし、ガラス窓など遮るものがない分、山奥の風が吹きつけてきて換気も絶妙だった。誰かの足音が聞こえてきたら、ゴホンゴホンと空咳でもすれば済むことだ。

　ある日、母が真面目な顔で尋ねた。

「ひょっとして、タバコ吸ってるの？」

　いきなりそんなことを訊くのは、なにか決定的な証拠を摑んでいるからだろう。私が黙っていると、母が先に切り出した。

「父さんが便所で汲み取っているときに、吸い殻を見つけたんだって」

　しまった。うっかりしていた。ソウルで数年暮らしているあいだに、田舎ではいまでも人糞を肥やしに使っていることをすっかり忘れていた。肥やしに使う人糞に、化学物質がいっぱい詰まったタバコの吸い殻を捨ててはいけないのに。

「お金も健康もふいにするようなものをなんで吸うの。さっさとやめなさい」

わかったと答えたものの、やめられなかった。一、二年後、一緒にドラマを見ていた母が、タバコを吸っている女優を見て舌打ちした。

「まったく、どこの家の娘よ。女がタバコを吸うなんて」

私はそばでふっと笑った。要するに、母が私に健康うんぬんと偽善めいたことを言ったのは、女のくせになどと言った日には、父と私から轟々たる非難を浴びせられるのがわかっていたからだった。ドラマなど馬鹿ばかしいとニュースしか見ない父が、今度も新聞を見ながら口を挟んだ。

「どこの家の娘かって？　きみの娘だろ」

母は誰かに聞かれやしないかと周囲を見まわし、小声だが断固とした口調で言った。

「そんな昔の話。好奇心でちょっと吸ってみたんでしょ。この子がタバコを吸うわけないじゃない。誰かに聞かれでもしたらどうするの」

母は何度も否定したが、父は鼻の先でふんと笑った。愛煙家の父はタバコをやめるのがどれほど大変なのか知っている。母がうちの娘は絶対にタバコを吸うような子じゃないと言い張るので、たまりかねた父が厳かに終止符を打った。

「よその娘がタバコを吸ったらクソ娘で、うちの娘が吸ったら好奇心か。それこそ小市民性の本質だろ！　小市民性も克服できない者が革命家だって？」

そのとき、母は還暦を過ぎていた。還暦を過ぎたアカたちが資本主義体制の韓国で革命がどうの克服がどうのなんて、これこそまさにブラックコメディではないか、そんなことを思いながら、私はその場を離れた。タバコが吸いたくてたまらなかったからだ。ただタバコを吸うために、私は村の人たちが決して足を踏み入れることのない山の中腹にまで上った。タバコを三本続けて吸いながら眺めたわが家は、マッチ箱のようだった。マッチ箱のような家で、マッチの先についた赤リンよりも小さな母が、小市民を脱皮できない自分の過誤を自己批判している。滑稽で寂しい想像だった。

母はいまでもことあるごとにタバコをやめろと口うるさいが、父は一度もとやかく言わなかった。いつだったかベランダでタバコを吸っていたら、父がふいに入ってきた。

「俺にも一本くれ」

父は私が差し出したタバコに火をつけ、私はとっさに後ろに隠したタバコを取り出して、父と並んで智異山《チリサン》を眺めながらタバコを吸った。父とその日、一緒に吸ったタバコが、これまでのタバコ歴をひっくるめて一番おいしかった。いま思うと父は家父長制を克服し、小市民性を克服した、真の革命家だった。仮に霊魂というものがあっていまこの状況を見ていたら、父は、俺にも一本くれ、と言うだろう。私は教え子たちにもう一本タバコをもらって火をつけ、それを岩の上に置いた。タバコがひとりでに燃えた。この煙が父に届きますように……。

「この分じゃ遅くなりそうね。お年寄りたちは食事を抜くわけにいかないから、あんたたちがお弁当を配ってくれる？」

若者たちの動きはやはり機敏で軽快だった。四十人余りの一行があっという間に弁当と水と果物を受け取った。餅屋の姉さんの言うとおりにしてよかった。出棺前の儀式を終えて葬儀場を出ていこうとしたとき、私は餅屋の姉さんに呼びとめられた。

「若者を何人か寄こしてもらえる？　運んでもらいたいものがあるの」

訊くまでもなく弁当だった。

「どれだけ待たされるのかわからないから、軽く食べられるものを用意しておいたの。遅れることもよくあるんだって。かといって、火葬している途中で食事に行くのもどうかと思うしね」

まだ九時なのに、いったいいつの間に四十人分の弁当を作ったのだろう。朝食を取りに何度も厨房に足を運んだのに、まったく気づかなかった。われ関せずの私の目には見えなかったのかも。姉さんは大きな魔法瓶を差し出した。

「これは誰かに預かってもらって。あんたのお母さんには冷たいものより温かいものがいいと思って、胡麻粥を作ってきたのよ。いっぱいあるから、もし白いご飯が無理なお年寄りがいらしたら分けてあげて」

どこからか現れたファン社長が魔法瓶を受け取った。それは三日間ずっといてくれた教え子たちの手に渡った。彼らは周りの人たちを注意深く見ていたらしい。

教え子たちが昼の弁当を配っているあいだ、私は事務所に行った。費用の精算をするつもりだった。ファン社長に渡された精算書には、焼酎の代金が含まれていなかった。

「焼酎代ぐらい出させてくれ。これでも俺は社長なんだから」

彼は埋葬地に同行できないのを申し訳ないと言って、火葬場と埋葬地で儀式を行うときに必要な焼酎まで十分に用意してくれた。初めて会った人の好意が不可解でもあり、ありがたくもあった。みんなが食事を終えた頃、父の名前が電光掲示板に表示された。遺影を持って火葬炉の見える控え室へ向かった。父の遺体が火葬炉に移され、最後の儀式を行った。私の後ろで、ハクスがあたかも息子か婿かのように跪いて頭を下げた。私のなにかだと勘違いしている人もいるだろうが、どうでもよかった。ハクスは私よりも立派な父の息子なのだから。

母と私は控え室に座って、父が燃えている火葬炉を見守った。埃が人間の始原だと信じていた父が、いま埃に還っているところだった。母が私の手を握りしめた。そして私の耳元で囁いた。

「もっとやってあげたらよかった」

しばらく経ってようやくその意味がわかった。そんな恥ずかしいことを口にしておいて、母は平然と涙をぬぐった。

「あたしは体が弱かったしね。自分の体すら持て余していたのに、あんまりしつこいから、あるとき言ってやったのよ。他でやってきてって」

父は激怒して立ち上がった。

「本心か？」

「本心よ」

真夜中、父は息を巻いて戸をバーンと閉めると、暗闇の中に去っていった。その音に驚いた私が火がついたように泣いたそうだ。

「その日は久しぶりにぐっすり眠れた。せがんでこないから、心安らかに」

「お父さんは？　他に行ったの？」

「その頃は夜間通行禁止令があったからね。病気で釈放された人が、夜中に行く当てがあると思う？」

　父はすぐ下にあった兄の家で、その頃は生きていた伯父と夜すがら酒を飲んだ。夜もすっかり明けた頃に帰ってきた父は、母を睨みつけながら厳めしい声で叫んだ。

「今度またそんなことを言ったら、本当に行くからな！」

「あのときは本当に悲しかった。こっちは死にそうなのに、革命家がそんなことも我慢できないの、って思った。男はあれがそんなにいいのかしらね。でもそのことがあってからは、あたしの具合が悪いときはコップに一杯の焼酎を飲んで寝てたけどね。おかげで助かったよ。でなきゃ、あたしはとっくに死んでたかもしれない」

　いつもならケラケラ笑うところだが、父を火葬しているときに笑うわけにもいかず、私は笑いを噛み殺した。

「いくらなんでも火葬場で言うこと？」

　われながらおかしいのか、母が口角を上げてふっと笑った。目には涙を溜めたまま。

「おかしいよね。こうしていると、あの日のことが思い出されてね。やってあげたらよかったって……。あたしが病弱なのを知ってる人が。よっぽどやりたかったんだね……」

五十年近く一緒に暮らした母も、父の事情を、男の事情を、ようやく理解しているようだった。私もまたそうだった。父は革命家でありパルチザンだったが、それ以前に誰かの息子であり、きょうだいであり、男であり、恋人だった。そして母の夫であり、私の父であり、友人であり隣人だった。千手観音菩薩にだけ千の手があるわけではない。人間にも千の顔がある。私は父にいくつの顔を見たのだろう。これまで私が見てきた顔より、この葬儀で知った顔の方が多いような気がする。母にやろうとせがんだ父の若き日の夜が、もうおかしいとは思わなかった。そんな男が私の父なのだ。どこにでもいる平凡な父親のように。ただ私が知らなかっただけだ。

ついに灰になった父が遺骨箱に収まった。まだ温かかった。誰の車に乗せてもらったのか、遅れてやってきた叔父が痩せ細った腕を伸ばした。その腕に父を抱かせてやった。父のぬくもりが、叔父の腕をとおって血筋を温めるだろう。叔父が床にへたり込んで、父の遺骨を抱いたまま慟哭しはじめた。八歳のときに仲違いした兄と弟が、七十年もの歳月を経て抱き合っていた。いとこたちは叔父を囲んでむせび泣きながら涙をぬぐった。遺骨のぬくもりが七十年近く化石のように固まっていた叔父の心を温かく溶かしてくれますようにと、私は心から願った。父のために苦しんだであろういとこたちの心も。向こうの方でパルチザン同士で集まっていた父の同志たちが、父の遺骨に向かって歩いてきた。

★

白雲山《ペクウンサン》の大峠は遠かった。求礼《クレ》から出発すると、道は狭いうえに険しいのでミニバスは通れないと言われた。それよりは道がいいという光陽《クアンヤン》方面にある白雲山の麓へ向かったのだが、一時間余りを要した。〝ソウル大学演習林〟の入口に着いたのは、午後三時を少し過ぎた頃だった。前方に並んだ乗用車はもう二十分以上も立ち往生していた。後ろのバスに乗った親族は、何度もやってきては何事かと尋ねた。昨夜はいったん家に帰ったとはいえ、二日間も葬儀場で仮眠を取り一日じゅう弔問客を迎えたのだから、従姉たちからは疲労の色がうかがえた。彼女たちももう七十に近かった。

三十分ほど過ぎたとき、ハクスが飛ぶように走ってきた。ハクスの車が先頭で、パルチザンの同志たちが乗った車がその後ろに四台続き、その次が私の乗った葬儀の車だった。車から降りようとする私を見て、ハクスが降りるなと合図した。

「遺影が見えないようにしろよ。アリ、喪服以外に着るものはないのか？」

ソウル大学演習林の敷地なので、中に入るのは容易ではなさそうだった。登山客が時折訪れるぐらいで、こんなふうに車列が長蛇をつくることはめったにないだろう。しかも、私たちは他人の山に散骨しにきたのだ。許可も得ずに散骨するのは違反行為かもしれなかった。

「葬儀の車だってばれなければ中に入れる？」

「交渉しだいだろうな。それより、まだ時間がかかるって言いにきたんだ。お母さんが心配してるだろうから」

母が車の窓から顔を出した。

「どうしたの」

母は南原を発った頃から体調がよくなかった。腰痛がぶりかえしたらしく、道中、何度も座り直していた。この状態ではもう無理かもしれない。かといって、母が埋葬地に行かないわけにもいかなかった。

大まかな状況を伝えると、母は即座に答えた。

「あの人はこの生涯、身を隠して生きてきたけど、死んだあともそうなんだね」

ハクスには止められたが、私は車の外に出た。トラックが一台通れるほどの未舗装道路が山の中へとくねくね続いていた。

「あとどのくらいかかるの？」

「車で三十分ってとこかな。遠くはないんだけど、こんな砂利道じゃスピードを出せないんだよ」

　私は並んで止まっている車の前を通って、山中に足を踏み入れた。入口からすでに木々が鬱蒼と茂っていた。私たち一行の他には、行き交う人も車も見当たらなかった。父はここに埋葬されたいだろうか。人気《ひとけ》のない山深いところに、一人寂しく。たしかに父は白雲山《ペクウンサン》に最も長くいたけれど、あの山この山を流離《さすら》いながらパルチザンとして生きたのは、一九四八年の冬から五二年の春までだった。ということは、父がパルチザンだったのはわずか三年余りだ。その三年が父の一生を縛りつけたのだが、それは父が確固たる信念を持っていたからというよりは、国が社会主義を禁じ、いったん社会主義者になった者が世の中に復帰することを阻んだからだった。なにもできない人間の時間は流れない。だから父はわずか三年余りのあいだに剥製にされ、その後はそれよりも長い歳月を、求礼《クレ》で、求礼の住民として、隣人として、生きてきたのだ。親戚はみんな求礼にいるし、七十年ごしの友人たちも求礼にいる。

父の根っこは山にあるのではない。父の信念は、根っこから伸びた支柱でしかないのだ。支柱が折れても木は死んだりしない。他の枝が伸びて新芽が吹き、新たな支柱となる。

私は管理事務所の職員と揉めているハクスを呼んだ。

「別のところにしようかな」

ハクスがぽかんと私を見つめた。なんと説明すればよいのだろう。いまも麗水《ヨス》・順天《スンチョン》事件の実態を暴くために精魂を傾けているハクスに。平等な世の中をつくるために命を懸けたパルチザンたちを実の父親のように、自腹を切って面倒を見ているハクスに。率直に話したらわかってもらえるだろうか。

「ここじゃお父さんが寂しがると思うから。訪ねてきてくれる人もいないし」

ハクスはしばらく考え込んでいたが、やがて頷いた。

「そうだな。じゃどうする？」

この質問には正直に答えることにした。

「叔父さんが土地をくれるって言うんだけど、それも嫌なのよね」

「アリはどうしたいんだ」

「どこでもいいから撒くのはどう？」

ハクスが目をまん丸くした。

「それがお父さんの望みだったから。死んだらどうせ体は腐る、どこでもいいから撒いてくれって」

ハクスがぷははと大声で笑った。もしかしたら彼も父に同じようなことを言われたのではないだろうか。

「さすが、お父さんらしいや。しかし、どこでもって言われてもなあ」

「お父さんがよく行ってたところに、あちこち。パンネ谷にも」

なにかを感じ取ったのか、向こうの方からパク・ドンシクさんが急ぎ足でやってきた。どうしたんだと尋ねる彼に、正直に打ち明けた。どこでもいいから撒いてくれと言った父の遺言に、彼は無言で頷いた。さすが村の作男だけあって、ドンシクさんは目ざとかった。

「あの人たち、残念がるだろうな。追悼の辞も用意しているみたいだけど」

「じいさんたちには管理事務所で断られたから、仕方なく先祖の墓がある山に埋葬することにしたって言いますか」

「そうしますか。アリ、いとこたちには俺が適当に言い繕っておくよ」

父の晩年の友人たちは息がぴったり合っていた。私が出しゃばるまでもなかった。さすがは将軍になるのが夢だった人と村の作男だけあって、ハクスとドンシクさんは一瀉千里《いっしゃせんり》にみんなを説得した。管理事務所の許可が下りなかったので中には入れないと伝えると、誰もがそりゃそうだという反応を示した。ただし、叔父には本当のことを話した。

「ならどうするつもりだ」

久しぶりなのか初めてなのか、酒を飲んでいない叔父が尋ねた。

「白雲山《ペクウンサン》か智異山《チリサン》で、どこかいい場所を見つけて埋葬しようかと思います」

叔父は今度はあっさり受け入れた。

「なんせ東奔西走してきた男だ。その方がいいかもしれんな。おまえの好きにすりゃいい」

一番後ろの車から順番に車の向きを変えて、下界に向かって走りはじめた。パルチザンの同志たちも老いぼれて気力がないのか、それとも帰りの列車の時間が迫っているからか、おとなしく言うことを聞いた。地下組織を再建するために偽装自首をしようとした父も、この風景を見たはずだ。人目を避けて夜陰に乗じた父を、下界は明るい灯りで迎えただろう。そのとき父はこう思ったかもしれない。自分たちが戦うべきところは山じゃないと。人々が灯りの下に集まってご飯を食べ、勉強をし、愛し合い、喧嘩もする、人の世だと。父ならきっとそう思ったはずだ。それが私の知っている父だった。すっかり冷めてしまった父の遺灰を胸に抱いたまま、私は自首した日の父のように人の世に下りていった。

★

具合の悪い母を家に残したまま出かけた。求礼《クレ》の町をそぞろ歩くのは久しぶりだった。ハクスは一緒に行くと言い張った。

「お父さんがよく行ったところは、アリより俺の方が知ってるさ。まずはどこがいいかな」

「中央小学校」

　中央小学校は家からわりと近いところにあった。私の母校でもあった。求礼の住民の三分の二は中央小学校の出身だ。父はここで生涯の友に会った。父を社会主義に導いたのも、のちに光州第一高等学校に進んだ同窓生だった。中央小学校の日本人の校長は、配給が絶たれた自分の家に米を持ってきてくれた父に、もうじき日本は戦争に敗れるだろうと言った。そして学徒兵にとられないように鉄道学校の卒業証書を偽造してくれた。日本人校長の善意が、父の人生にとって損だったのか得だったのかわからない。鉄道員になったあと、労働組合に加入して社会主義者になったのだから。どのみち父は学徒兵に駆り立てられる身だった。植民地である朝鮮の若者にバラ色の未来などなかった。善意の結果はともあれ、父はただ彼らの善意だけを信じた。ふと、チョ・ヨンシクという名前が頭に浮かんだ。父に社会主義を伝播したその青年は、山に入った直後、あっけなく死んだ。かつて父と平壌《ピョンヤン》留学を夢見ていた仲だった。

　社会主義者でもないのに社会主義者の教え子を寵愛したソ先生とも、父は中央小学校で出会った。父が有名な進学校である京畿《キョンギ》高校ではなく、鉄道員の道に進んだことをいたく残念がったというソ先生は、後日、父と母を会わせた。そのおかげで私が生まれた。父が中央小学校で紡いだ、私の知らない縁もたくさんあるだろう。三五《サモ》時計屋の隣の女将みたいに。ここで結ばれた縁によって、父の生涯は波瀾万丈でかつ豊かなものになった。

　私は小さな袋に小分けして持ってきた父の遺灰をつまみ、手を伸ばした。遺灰は小麦粉のように滑らかではなく、触るときゅっきゅっと音がしそうだった。ちょうど吹いてきた風に乗って遺灰は校庭の方へ飛んでいった。父はかつて校庭のどこかで、ゴム跳びをしていた初恋の女の子のゴムを切った。

「埋めないで撒くのか？」

「だって撒けって言われたのよ」

ハクスも遺灰を握っていた手を高く上げ、そっと拳を緩めた。風向きは一定していなかった。父の遺灰はあちこちに舞っていったかと思うと、ある瞬間に消えた。どこに行ったかは風のみぞ知る。どこであれ、降りてなにかの肥やしになってくれたらいいのに。文尺《ムンチョク》に続く道の両脇に大人の背丈ほどに伸びて咲くコスモスにも、父の遺灰が舞い降りますように。

私たちは車に乗ってパンネ谷に向かった。いまはアスファルトで舗装されているけれど、父が中央小学校に通っていた時分は砂利だらけの道路だった。父は毎朝、その道を歩いて学校に通った。蟾津江《ソムジンガン》に着いたら舟に乗って。いまは浸水を避けて橋が高くかけられている。私はその橋の上で窓を開け、遺灰を一握り撒いた。遺灰は跡形もなく散っていったが、私の記憶はますます鮮やかになった。

ある洪水の日、父と私は川辺に立っていた。幼い頃だと思うが、いつだったかはっきりと思い出せない。黄土色の水が土手を呑み込んでしまわんばかりの勢いで流れている。私はいつものように父に肩車をしてもらっている。黄土色の水にありとあらゆるものが押し流されている。所帯道具から、豚や牛に至るまで。村人たちは土手の端すれすれに立って、それらに向かって長い竹竿を投げる。一頭の豚がどうにか竹竿につかまる。生きるために。人々が嘆声を上げる。だが、結局は激流に呑まれてしまう。

私は悲鳴を上げる。ふんわりふんわり流されていく屋根に誰かがつかまっている。父が私を放り投げるように肩から降ろして、土手の方に走っていく。父が竹竿を投げる。川の流れは父の足よりも速い。それにその長さではとうてい無理だ。私はふんわりふんわりリズムに乗って流れていく茅葺《かやぶ》きの屋根と、そこにつかまっている人を、長いあいだ見つめる。私は泣く。長いこと泣く。なぜ泣いているのかと父が尋ねる。私はなんと答えただろう。そのとき父の言ったことは覚えている。

「黄土色の水は、この世の穢《けが》れたものをきれいに流してくれる。水がすべてさらっていったあとには、新たな道ができるんだ」

いまはその頃と違い、蟾津江は細流だ。ダムがつくられてからは水の量がめっきり減った。流れも滞り、水は腐りつつある。たとえダムが防いでいても、いつかまた黄土色の水が氾濫する日が来るだろう。父の遺灰が川辺の岩の高いところにくっつき、黄土色の水が凄まじいほどうねる日に、その水に流されて新しい道を開きますように。

パンネ谷に向かう途中、私は何度か窓を開けて、父の遺灰を少しずつ撒いた。この道のどの辺りに、父のどんな思い出が残っているのか、わからなかったからだ。日本の植民地時代、父は背負子を二つ負って、この道を歩いて木を売りにいった。背負子一つだと儲けにならないので二つ背負ったのだ。一つ背負って先の方まで運び、戻ってきてもう一つの背負子を負う。そんなふうに八キロの道のりを十六キロ歩いた。いま思うと父だけでなく昔の人たちは、そんなふうに二つの荷を背負って生きた。叔父や私は軟弱だから、あるいはもうそんな世の中ではないから、一度に二つの荷は背負えないと自ら放棄したのではないだろうか。ふと、そんなことを思った。

パンネ谷は静かだった。午後六時、そろそろ夕食の時刻だ。親族はみんな三日間の葬儀でぐったりしていることだろう。ソウルの人が購入したもののめったに来ないという、昔私たち家族が住んでいた家の敷地と栗林に、未遂に終わった家出事件の震源地である一枚岩に、叔父の家の前に、あと、いまは老人亭になっている祖父が死んだ東屋の前にも、父の形跡を少しずつ残した。それから父が少年のように水遊びをしていた谷川にも。もしエネルギーとか気のようなものが残っていて一人寂しがっているとしたら、どうか和解してくれますように。肉親よりもイデオロギーを選んだ父の霊魂の欠片が、父親の死を目の当たりにして小便を漏らしながら気絶した八歳の叔父の耐えがたかった痛みを、どうか慰めてくれますように。

ハクスと私は言葉なく町に戻った。

「老人亭に行って」

ハクスは理由も訊かずに老人亭の方に車を走らせた。家からさほど遠くはなかった。食事時だからか灯りは消えていた。私は父が自転車を止めたであろう空間に、それから自転車を押しながらハクス、と名前を呼んだであろう道に、父の気持ちをいくつか残した。車をそこに止め、五差路の方へ歩いていった。

五差路。求礼《クレ》の住民なら、一日に何度も行き交う道だ。五差路スーパーはもちろん営業中だった。少女の言ったとおり、二車線道路の向かいに求礼には似つかわしくないコンビニがさらに華やかな照明で客を誘引していた。遠く智異山《チリサン》の高峰はすでに夕闇に沈んでおり、その夕闇がもぞもぞと町の方に向かって降りてきているところだった。私は五差路スーパーの前にも、行き交う人がいない隙に遺灰を少し撒いた。誰かがスーパーから出てきた。黄色い髪の少女だった。

「やっぱお姉ちゃんだ。そうかなって思って出てきたんだけど……」

少女は酔っ払いのように淀みなくしゃべった。

「あんたもじいちゃんの遺灰、撒いてみる？」

「なに、それ」

「じいちゃんを焼いて、遺骨を粉末にしたもの」

少女はびくっと身を震わせた。無理もなかった。死を受け入れるにはまだ早すぎた。

「いいのいいの。それより、あんたがタバコ吸ってるところをじいちゃんに見つかった場所、教えてくれる？」

少女は黙って私を案内した。女子高は五差路スーパーのすぐ隣で、父とその子が初めて会ったところは、そこから百メートルも離れていない路地だった。

「じいちゃんの言うとおりね。礼儀知らずよ。学校と家が目と鼻の先じゃないの。もっと離れたところで吸わなきゃ」

少女がふっと笑った。人ひとり通れるくらいの路地に、傷ついた移住民の娘の怒りが満ちているであろうその路地に、父の遺灰をまた少し撒いた。そしてハクスの方を振り返った。

「タバコを一本、ううん、二本もらえる？」

私がタバコを吸うとは思いもしなかったハクスだが、さっと二本差し出した。一つは少女に渡した。その子はおどおどしながらハクスの顔色をうかがった。

「俺はなあんも言ってないぞ。なんで俺の顔を見るんだ」

少女はふっと笑うと、タバコに火をつけた。三人で一緒にタバコを吸った。一緒に、とはつくづくいい言葉だと思った。タバコを吸いながら少女が手を伸ばした。

「じいちゃんの遺灰」

私はタバコを口にくわえたまま、袋から遺灰を一握り取り出して少女に渡した。少女もタバコをくわえたまま、遺灰を受け取った。

「ひゃあ。お父さんが見たらさぞかし喜ぶだろうなあ。素晴らしい光景だ。一人で見るのはもったいないよ」

お父さんがなに？　じいちゃんがなに？　私と少女が同時に言った。少女がキャッキャッと、初めて子どもらしい笑い声を上げた。そして父の遺灰を頭上に高く撒いた。まだ暗くならないうちからついている街路樹についた灯りに、白い遺灰が点々と姿を現わした。塀で遮られた路地だからか、遺灰は飛んでいかずに、私たちの頭上に降りてきた。三人は誰も、体のどこかに舞い降りたであろう遺灰を払おうとしなかった。みんな同じ気持ちだったはずだ。なんとなく父がここに、ともに、いるような気がした。生きている私たちと一緒に。

「次はどこに行く？」

ハクスがタバコを揉み消して訊いた。行きたいところはいろいろあったが、行くべきところはただ一つ、三五《サモ》時計屋だった。父が晩年を過ごした場所、イデオロギーとは関係なしにいつも父とともに過ごした人たち。

「三五《サモ》時計屋」

「そこは車で行こう」

少女も当然のように私たちについてきた。午後七時が過ぎた求礼《クレ》の町は街路灯がいくつかついているだけで、コンビニを除くすべての店が閉まっていた。闇が濃くなりはじめた三五時計屋前の道路に遺灰を撒いた。ふと、三五時計屋の主の鼻の横に大きないぼがあったのを思い出した。そのいぼのせいで私は彼が嫌いだった。黙って米粒ほどの時計の部品を覗き込んでいるのも嫌いだった。小さくてまるい彼の世界、不条理な世の中の代案であった父の世界。私の目には似ても似つかぬその二つの世界が、三五同窓会という名の下で共存していたことを私は知らなかった。これからも変わらず仲良くしてください。

五差路に車を止めた。少女はなにかを見て、車を降りようとしていた私の手をさっと摑んだ。思わず引っ張られていったところは、五差路スーパーの向かいでありコンビニの向かいでもある五差路のど真ん中、かつて河東《ハドン》屋があった場所だった。古びたトタン葺きの店があったところにいまは新しい建物が立っているが、三角形のようなおかしな形をしているのは相変わらずだ。少女が手を出した。遺灰はもう残りわずかだった。少女はそれを私の手に握らせた。

「じいちゃんに聞いたけど、お姉ちゃん、ここで怒ったんだって？　じいちゃんが河東のおばさんのお尻を触ったから」

まったく父ときたら、自分の恥を晒してどうするの。しかもこんな子ども相手に。

「そのときじいちゃん、おかしな気分になったんだって。父親ってのはこんなものなのかなって。山にいるときよりも怖かったって。警察よりも、軍人よりも、米軍よりも、もっと怖かったって」

父の遺灰を握ったまま、私は泣いた。父の紡いだ奇妙な縁が、黙って私を見守っていた。二人の影はしだいに長くなり、それはやがて私をすっぽりと包み込んだ。手の中の遺灰がぬくもりを帯びてきた。そう、それが私の父だ。パルチザンでもなく、アカでもない、私の父。

作家の言葉

『父の革命日誌』は、自分が一番偉いと思って生きてきた過去を痛烈に反省したものである。自分なりに懸命に生きてきたと自負していたが、歳を取るにつれそうでないことに気づいた。私は傲慢で利己的で、だからこそ失敗だらけの人間だった。神が若い頃に戻らせてやると言っても、私は拒むだろう。傲慢だった青春の恥に耐えられないと思うからだ。

それでもこうして生きていられるのは、私が反省することのできる人間だからだろう。友人たちは私のことを反省主義者、成長愛主義者などと言う。反省し成長するのが私の特技だとか。私が得意とするのはそれだけだ。幸いどうにかこうにかやっている。そうやって自分を慰めながら生きてきた。だが問題はそこからだ。

幼い頃の私は毎日、村の入口にあった榎《えのき》の下に座って、町へと伸びたアスファルトの道を眺めた。その彼方にある世界を想像しながら。思春期の私は、遠くから警笛が聞こえてくるたびに、その列車の向かうソウルを夢見た。いまよりももっと遠く、もっと高く。そうやって地団駄を踏みながら、焦りながら生きているうちに、気づいた。パルチザンの娘はそれ以上遠く、高く、進めないことに。だが、私の悲劇は両親がパルチザンだったからではなかった。もっと遠く、もっと高く進みたいという欲望そのものが、私の悲劇の始まりだった。

　五十を過ぎてようやく知った。もっと遠く、もっと高く進まなくてもいいということを。幸せも美しさもそこにはなかった。もっと成長したいという欲望が、むしろ成長を食い止めていたのだ。

　私が戻ってきた生まれ故郷は、ソウルにはない美しさであふれていた。美しいのは蟾津江《ソムジンガン》畔の桜並木や般若峰《バニャボン》の夕日、老姑壇《ノゴダン》の雲海だけではない。儚く散る桜は情け知らずだけれど長く咲き続ける山茱萸《さんしゅゆ》はなかなか帰らない客のようで嫌いだと言う村のばあさん、白飯は要らないと言う私に食べないと力が出ないから食べろと押しつける食堂の主、さらには、噛み切れないような硬い山菜を湯がいて柔らかいと騙して売る市場のばあさんや、厨房から遠く離れた隅のテーブルに座っている私に客もいないんだからもっと近くに来て座れと怒鳴りつける食堂の主（あとで知ったが、彼女はひどい関節炎だった）まで、ここは人間くさい人たちであふれていた。彼女たちにはそれなりの言い分があった。食べていくためには仕方がなかった。人は窮地に立たされたら、騙したり怒鳴ったりするものなのだ。

よほどの事情があるんだろ、は父の十八番だった。その言葉を受け入れたいま、この世はこんなにも美しい。もっと早く父の言うことを聞くべきだった。

お父さん。あなたの娘は本当に長い間、誤った人生を生きてきました。でもまあ還暦前に気づいたんだから、ずっと知らないまま生きていくよりはマシですよね？　こんな体格のよい娘に育ててくれたのも、下の上の容姿に生んでくれたのもありがたく思うことにしますから、これまでの傲慢さを、無礼を、愚かさをどうか広い心でお許しください……。お父さん、ありがとう。幼い子どもでも言えるこんな簡単な言葉を、還暦を目前にしたいま頃、お父さんが逝ったあとになってようやく口にします。仕方ありません。それがお父さんの娘だから。ふつつかな娘が、この本をお父さんに捧げます。

チョン・ジア

訳者あとがき

本書は二〇二二年に韓国で刊行された『父の革命日誌』（原題『아버지의 해방일지』チャンビ刊）の全訳である。

著者チョン・ジアは、美しい智異山《チリサン》と蟾津江《ソムジンガン》に囲まれた全羅南道《チョルラナムド》の求礼《クレ》で生まれる。父はかつて全南道《チョンナムド》党組織部長であり、母は南部軍政治指導員であった。父は長い期間にわたって収監され、娘のチョン・ジアは軍部独裁政権下で多感な時期を送った。

一九九〇年、『パルチザンの娘』（全三巻）という実話をもとにした長編小説を書き、センセーションを起こした。チョン・ジアはパルチザンの娘である自分に課された使命だと思って執筆したと述べており、両親がパルチザンになったいきさつや、どのような活動をしたのかについて記録した。ところが思想の自由が保障されていなかった当時、『パルチザンの娘』は刊行直後に国家保安法違反により発禁処分を受け、チョン・ジアは指名手配され逃避生活を余儀なくされた（二〇〇五年に復刊される）。それから六年後、朝鮮日報新春文芸に短編小説が当選し、小説家としてデビューする。短編集に『幸福』『春の光』（邦題『歳月』拙訳　新幹社　二〇一四年）『森の対話』（『私の美しい日々』というタイトルで復刊）『資本主義の敵』などがあり、本書『父の革命日誌』は『パルチザンの娘』以来、三十二年ぶりに刊行された長編小説である。

　チョン・ジアの長編が出るのを楽しみにしていた私は、刊行されるなり買って読んだ。同じく『パルチザンの娘』の父を思わせる人物が出てくるが、武装闘争をした頃の父ではなく、アリという著者を思わせる娘の視点で描いた「小説」だった。その後『父の革命日誌』はあっという間にベストセラー入りし、翻訳している間に、三十万部突破を記念したカバーデザインのリニューアル版も刊行された。

　それにしても、パルチザンが登場する小説がなぜこれほど話題を呼んだのか。独裁政権下に青春時代を送った世代が昔を懐かしむように読むのではないかという当初の予想を裏切り、実際の愛読者は二、三十代が圧倒的に多く、彼らが主にＳＮＳなどによって広めている。

『パルチザンの娘』が書かれた三十二年前とは世の中もずいぶん変わった。当時のことを記憶している人の多くは亡くなり、いまや分断国家でありながら朝鮮戦争やパルチザンのことなど遠い昔話に過ぎない若い世代に『父の革命日誌』が読まれているのだ。そしてこの作品を足掛かりに、いままでとくに関心のなかった自分の父の人生を考えたり、麗水《ヨス》・順天《スンチョン》事件、済州島《チェジュド》四・三事件について知ろうとする動きもあるという。

なにより『父の革命日誌』は、これまでのチョン・ジアの小説とずいぶんスタイルが違う。著者自身も、いまの感覚で、深刻にならないように軽やかに書いたと言っている。この作品の随所に見られるブラックユーモア、色褪せた理念を真剣に話すややもすると滑稽に映る父と母の姿、軽快な語りの中に潜む歴史の重み、などに多くの読者が魅力を感じているのだろう。

この物語は二〇〇八年五月一日、求礼《クレ》に住む八〇歳過ぎの父が、自転車に乗っているときに電信柱に頭をぶつけて死亡するところから始まる。

父は麗水・順天事件に深く関わっていた前職パルチザンで、夫婦ともにパルチザンだ。語り手である娘のアリは、両親の主な活動地、白鵝山《ペクアサン》と智異山《チリサン》にちなんだ名を持つ（著者は

「智我」)。アリは父にずっと心を閉ざしていた。反共をスローガンに掲げた時代、パルチザンだった両親は常に社会の敵だったからだ。しかも「連座制」という名のもとに国家が個人の未来を遮り、家族だけでなく遠い親戚まで、夢を見ることのできない時代が長く続いた。アリにとって父は、資本主義社会になじめない、生活力のない頑固者だった。

　ともあれ、アリは求礼に戻ってきて父の葬儀で喪主を務めることになった。その三日間、犬猿の仲だった父の弟、父の姪と甥をはじめ親戚一同、パルチザン時代に生死をともにした人たち、両親と縁のあるお節介な求礼の住民たちが、次から次へと登場する。彼らの語る父の思い出エピソードは、アリの知らないものばかりだった。父には娘の知らない人間関係が築かれていた。父は他人に助けられて生きてきたが、自ら手を差し伸べたり、命を救ったり、疎外された隣人の友人でもあったのだ。

　とくにベトナム人の母親を持つ女の子は印象的だ。結婚移住民という社会的弱者であり、未成年の彼女に、父の思いを――つまり、社会主義のために命を懸けたのではなく、よりよい社会を作るために生きた革命家としての思いを――託そうとしているように見える。民衆として。そんな父の生を見つめることで、娘はようやく父と和解し、心から死を悼むのだ。

ここでパルチザンについて簡略に説明すると、主に一九四五年の解放後（それ以前の義兵や独立軍とは異なる）から朝鮮戦争後まで、遊撃戦と呼ばれる不正規戦闘を行った共産主義武装組織を指す。アメリカ軍政によって非合法とされたため、彼らは山岳地帯に潜伏し、孤立していた。

一九四八年十月十九日、全羅南道《チョルラナムド》の麗水《ヨス》に駐屯していた朝鮮国防警備隊十四連隊所属の軍人二千人余りが、済州島《チェジュド》の蜂起（四・三事件）を鎮圧せよという李《イ》承晩《スンマン》政府の命令を拒んだため、これを鎮圧する過程で大勢の民間人が犠牲になった。その後、李承晩は反共主義路線を強化し、南朝鮮労働党（略して南労党）を中心としたパルチザンは、智異山《チリサン》を拠点に激しい遊撃戦を行った。チョン・ジアの両親は、その組織の幹部だった。彼らは労働者、農民の解放を叫び武装闘争を続けたが、朝鮮戦争後はほとんどが討伐され、チョン・ジアの両親は数少ない生存者である。

求礼《クレ》という場所についても考えてみたい。物語の主要舞台となる求礼は、パルチザンが凄惨な闘争を繰り広げた智異山の麓にある小さな町だ。チョン・ジアにとっては両親の故郷であり、できれば早く逃げ出したいところでもあった。

求礼《クレ》にはいろいろな物語が沁みついている。チョン・ジアに『父の革命日誌』を書かせたのは、父の葬儀で聞いた話と、彼女の目に映った光景だった。弔問に来た父の幼友達や、両親のパルチザン時代の仲間に出会い、そしてかつては敵と味方だった人たちが同じ町でともに暮らしているのを見て、彼女は、求礼という町は奇妙な縁故が蜘蛛の巣のように絡まり合った、小さな監獄なのかもしれないことを知った。同時に、いまの韓国社会の縮小版ではないかと思ったのだ。両親以外の登場人物はおおむね架空の人だが、求礼にはモデルになる人がいくらでもいるという。

この作品、原書では両親、求礼の住民たちはみな求礼の方言を使っている。アリだけは標準語を固持していたが、葬儀の三日目に一度、方言を使う場面がある。それまで冷静な目で、距離を置いて田舎者を見ていた視線が変わる瞬間だ。邦訳には特定の地域の方言を使うことができない点をつけ加えておきたい。

いつだったか、両親の話はもう書きたくないと著者から聞いたことがある。ところがその後も著者の作品には、彼女の両親と思われる人物がたびたび登場する。どういうことだろうとずっと思っていた。『父の革命日誌』を読んで思ったのは、両親の物語を歴史書のように記録するのではなく、両親と歳月をともにした人たちの記憶の中に生きる両親を書きとめようとしているのではないかということだった。パルチザンだった父の人生には、娘の知らない多様な面があった。人々の記憶の破片を集め、記憶すること。それがチョン・ジアにとって小説を書くことなのかもしれない。小説は真実をうまく描くための虚構なのだから。

最後に、本書の編集にあたられた河出書房新社の町田真穂さん、支えてくださったすべての方々に、心から深く御礼申し上げる。

橋本智保

二〇二四年一月

チョン・ジア　鄭智我　정지아

1965年、韓国生まれ。中央大学大学院文芸創作学科博士課程修了。90年、共産主義者である両親を取材した長編小説『パルチザンの娘（빨치산의 딸）』を発表。同作は発禁処分となり、自身も指名手配を受ける。96年に小説家としてデビューし、2006年「風景（풍경）」で李孝石文学賞を、20年「私たちはどこまで知っているか（우리는 어디까지 알까）」で金裕貞文学賞を、23年『父の革命日誌아버지의 해방일지』で萬海文学賞を受賞。現代韓国文学において特異な存在感を放つ作家として、高い評価を受けている。邦訳に作品集『歳月——鄭智我作品集』（新幹社）がある。

橋本智保（はしもと・ちほ）

1972年生まれ。東京外国語大学朝鮮語学科を経て、ソウル大学国語国文学科修士課程修了。訳書に、クォン・ヨソン『レモン』（河出書房新社）『春の宵』、ハン・ジョンウォン『詩と散策』、ソン・ボミ『小さな町』、チェ・ウンミ『第九の波』（以上4点、書肆侃侃房）、ウン・ヒギョン『鳥のおくりもの』（段々社）、チョン・ジア『歳月——鄭智我作品集』（新幹社）、キム・ヨンス『夜は歌う』『七年の最後』、チョン・イヒョン『きみは知らない』（以上3点、新泉社）、李炳注『関釜連絡船』（藤原書店）など多数。

아버지의 해방일지
MY FATHER'S LIBERATION DIARY
By JEONG JIA
Copyright Ⓒ 2022, JEONG JIA
All rights reserved.
Original Korean edition published by CHANGBI PUBLISHERS, INC.
Japanese translation rights arranged with CHANGBI PUBLISHERS, INC.
through BC Agency and Japan UNI Agency.
Japanese edition copyright Ⓒ 2024 by KAWADE SHOBO SHINSHA Ltd. Publishers

This book is published with the support of the Literature Translation Institute of Korea (LTI Korea).

父の革命日誌

2024年2月18日　初版印刷
2024年2月28日　初版発行

著　者　チョン・ジア
訳　者　橋本智保
装　丁　古田雅美（opportune design Inc.）

発行者　小野寺優
発行所　株式会社河出書房新社
〒151-0051　東京都渋谷区千駄ヶ谷2-32-2
電話　03-3404-1201（営業）
03-3404-8611（編集）
https://www.kawade.co.jp/

印　刷　株式会社亨有堂印刷所
製　本　大口製本印刷株式会社

Printed in Japan　ISBN978-4-309-20898-5
落丁本・乱丁本はお取り替えいたします。
本書のコピー、スキャン、デジタル化等の無断複製は著作権法上での例外を除き禁じられています。本書を代行業者等の第三者に依頼してスキャンやデジタル化することは、いかなる場合も著作権法違反となります。

河出書房新社の海外文芸書

レモン

クォン・ヨソン　橋本智保訳

2002年、国中が日韓ワールドカップに湧くなか美貌の女子高生が殺された。犯人は捕まらぬまま、残された者たちの人生は静かに壊れていく。悲劇のあとを彷徨う魂の、痛みと祈りの物語。

まだまだという言葉

クォン・ヨソン　斎藤真理子訳

貯金を持ち逃げた家族を思い借金を返す娘。正規職員と非正規職員の板挟みになった教師……。社会の歪みを彷徨う人々の、絶望とかすかな希望を描き出す、韓国リアリズムの極北をなす作品集。

優しい暴力の時代

チョン・イヒョン　斎藤真理子訳

いま韓国で「時代の記録者」といわれる屈指の作家による、代表作となる短編集。絶望も希望も消費するいまを生きる人々の、生活の鎮魂歌。

こびとが打ち上げた小さなボール

チョ・セヒ　斎藤真理子訳

韓国で300刷を超えるロングセラーにして、現代の作家たちから多大なリスペクトを受ける名作。急速な都市開発をめぐり、極限まで虐げられた者たちの、千年の怒りと祈りが渦を巻く。

河出書房新社の海外文芸書

どれほど似ているか

キム・ボヨン　斎藤真理子訳

AIと人間、娘と母、新世代超人と旧世代超人――。全米図書賞にノミネートされ、キム・チョヨプら新世代韓国SFに圧倒的影響を与えるトップランナーによる、決定版作品集。

タワー

ペ・ミョンフン　斎藤真理子訳

674階建巨大タワー国家――。地上からの脅威が迫り、下層階を軍隊、上層階を富裕層が占める〈ビーンスターク〉の人々は、不完全で、優しい。

年年歳歳

ファン・ジョンウン　斎藤真理子訳

日本語で「従順な子」という意味の名で育った母の哀しみの向こうがわに広がる、それでしかありえなかった歴史の残酷。韓国最高峰の作家が描く母と娘たちの物語。

野蛮なアリスさん

ファン・ジョンウン　斎藤真理子訳

私はアリシア、女装ホームレスとして、四つ角に立っている――凶暴な母、老いた父、そして沢山の食用犬……。少年アリシアのたった独りの戦いが始まる。現代韓国最注目の俊英による問題作！

河出書房新社の海外文芸書

すべての、白いものたちの

ハン・ガン　斎藤真理子訳

チョゴリ、白菜、産着、骨……砕かれた残骸が、白く輝いていた——現代韓国最大の女性作家による最高傑作。崩壊の世紀を進む私たちの、残酷で偉大ないのちの物語。

アヒル命名会議

イ・ラン　斎藤真理子訳

神「お前、なんで生きとる？　そんなことで次の天地創造までやっていけると思うのか？」——仕事、友だち、家族、恋人、性別、神様……新時代の自由を拓く稀代のアーティスト、待望の初小説集。

古本屋は奇談蒐集家

ユン・ソングン　清水博之訳

ソウルに実在する古本屋店主は、お客が欲しい絶版本を探しながらその人生の物語を蒐集。お客が語るのは、奇妙で、シュールで、感動的な実話。本を探すまでの過程もミステリー小説のよう。

子宮

盛可以　河村昌子訳

「これは子宮の戦争なのよ」湖南省益陽の農村に生まれた五人姉妹。“生命最初の繁殖地”を巡り、一人っ子政策から少子化対策までシステムに翻弄される激動の運命とは。破格のエンパワー小説。

河出書房新社の海外文芸書

千年の祈り
イーユン・リー　篠森ゆりこ訳

個人とその背後にある中国の歴史、文化、神話、政治が交差し、驚くほど豊かな10編の物語を紡ぎ出す。デビュー作にしてフランク・オコナー国際短編賞ほか、名だたる賞を数々受賞した傑作短編集。

柩のない埋葬
方方　渡辺新一訳

記憶を失ったまま生きる一人の女性、その波乱の人生をとおして記憶と忘却の意味を問いかける重層的かつ壮大な物語。コロナ禍のドキュメント『武漢日記』の著者による待望の長編邦訳。

中国のはなし――田舎町で聞いたこと
閻連科　飯塚容訳

息子は父に、父は母に、母は息子に殺意を抱く、経済的成長とは裏腹に、欲と金にとらわれていく人びと。作家を前にした三人の告白から浮かびあがる真実とは。中国の暗部をえぐる傑作長編。

愉楽
閻連科　谷川毅訳

うだるような夏の暑い日、大雪が降り始める。レーニンの遺体を買い取って記念館を建設するため、村では超絶技巧の見世物団が結成される。笑いと涙の魔術的リアリズム巨編。カフカ賞受賞。

河出書房新社の海外文芸書

オレンジ色の世界

カレン・ラッセル　松田青子訳

悪魔に授乳する新米ママ、〈湿地遺体〉の少女に恋した少年、奇妙な木に寄生された娘、水没都市に棲むゴンドラ乗りの姉妹……。不条理なこの現実を生き残るための、変身と反撃の作品集。

嘘つきのための辞書

エリー・ウィリアムズ　三辺律子訳

長大な百科辞書の編纂に取り組むマロリーは、何者かが差し挟んだ「虚構の項目」に苦しんでいた。一方19世紀、辞書編纂者のウィンスワースは日夜自分で作った言葉を辞書に紛れさせ……。

サワー・ハート

ジェニー・ザン　小澤身和子訳

毎朝起きるとゴキブリまみれ、残飯を求めゴミ箱に飛び込む――。注目のアジア系アメリカ作家が描く、上海からニューヨークへ移住した極貧一家で育つ少女のダークでコミカルな連作短編集。

シブヤで目覚めて

アンナ・ツィマ　阿部賢一／須藤輝彦訳

チェコで日本文学を学ぶヤナは、謎の日本人作家の研究に夢中。一方その頃ヤナの「分身」は渋谷をさまよい歩いていて――。プラハと東京が重なり合う、新世代幻想ジャパネスク小説！